D0475482

# LAS TELARAÑAS DE CARLOTA

E. B. WHITE nació en Mount Vernon, Nueva York y se licenció en la Cornell University. Sus trabajos aparecieron durante muchos años en la revista *The New Yorker*.

En 1970 recibió la Medalla Laura Ingalls Wilder por su libro LAS TELARAÑAS DE CARLOTA. Autor de diecisiete libros de prosa y de poesía, White ha recibido muchos premios literarios. En 1973 fue elegido miembro de la American Academy of Arts and Letters.

GARTH WILLIAMS. «Mi madre dijo que yo nací el 15 de abril de 1912. La noticia del hundimiento del *Titanic* llegó al mismo tiempo que yo y fue tan sensacional que no se acordaron de inscribirme en el Registro hasta el 16 de abril.»

Así precisa Garth Williams la fecha de su nacimiento en Caldwell, Nueva Jersey. Hijo de artistas, vivió en Francia, Canadá y Gran Bretaña. Estudió pintura, decoración teatral y publicidad, ganó un premio de escultura en Londres y en 1943 inició su carrera como ilustrador de libros infantiles. Hoy sería difícil concebir a los personajes de E. B. White sin la apariencia que les dio Garth Williams.

E. B. White

# LAS TELARAÑAS DE CARLOTA

Traducción de Guillermo Solana

NOGUER Y CARALT
EDITORES

Título original
*Charlotte's Web*

© 1952 by E.B. White
© 1980 Text copyright renewed by E.B. White
© 1980 Illustrations copyright renewed by Garth Williams
Published by arrangement with HarperCollins Publishers, Inc.
New York, N.Y., U.S.A.
© 1986 Noguer y Caralt editores, S.A.
Santa Amelia 22, Barcelona

Reservados todos los derechos

ISBN: 84-279-3388-6

Traducción: Guillermo Solana Alonso
Cubierta e ilustraciones: Garth Williams

Novena edición: junio 2000

Impreso en España - Printed in Spain
Misytac, S.L., Badalona
Depósito legal: B - 20767 - 2000

## Antes del desayuno

—¿A dónde va papá con ese hacha? —preguntó Fern a su madre mientras ponían la mesa para el desayuno.

—A la cochiquera —replicó la señora Arable—. Anoche nacieron unos cerditos.

—No veo por qué necesita el hacha —continuó Fern, que sólo tenía ocho años.

—Bueno —respondió su madre—. Uno de los lechones está encanijado. Es muy débil y pequeño y jamás llegará a nada. Así que tu padre ha decidido acabar con él.

—¿Acabar con él? —chilló Fern—. ¿Quieres decir que va a *matarlo*? ¿Y sólo porque es más pequeño que los demás?

La señora Arable puso un cuenco de nata sobre la mesa.

—¡No grites, Fern! —dijo—. Tu padre hace bien. De cualquier modo el cerdo morirá, probablemente.

Fern apartó una silla de un empujón y corrió afuera. La hierba estaba húmeda y la tierra olía a primavera. Cuando alcanzó a su padre, las playeras de Fern estaban empapadas.

—¡Por favor, no lo mates! —gritó llorando—. ¡Es injusto!

El señor Arable se detuvo.

—Fern —le dijo cariñosamente— tienes que aprender a dominarte.

—¿A dominarme? —chilló Fern—. Es una cuestión de vida o muerte y tú me dices que me *domine*.

Las lágrimas corrían por las mejillas de la niña. Trató de quitarle a su padre el hacha.

—Fern —le explicó el señor Arable—. Yo sé más que tú acerca de criar una camada de cerdos. Uno que nazca débil, siempre es causa de problemas. ¡Ahora, vete corriendo!

—Pero es injusto —gritó Fern—. No es culpa del cerdito haber nacido tan pequeño. ¿*Me* habrías matado a mí si yo hubiera sido muy pequeña cuando nací?

El señor Arable se sonrió.

—Pues claro que no —dijo mirando con cariño a su hija—. Pero esto es diferente. Una cosa es una niña pequeña y otra muy diferente un cerdo encanijado.

—Yo no veo la diferencia —replicó Fern, agarrando todavía el hacha—. Este es el caso más terrible de injusticia que yo he conocido.

Una curiosa mirada asomó a la cara de John Arable.

—De acuerdo —dijo—. Vuélvete a casa y yo te llevaré el lechón. Empezarás por darle el biberón, como si fuera un bebé. Ya verás entonces todo el trabajo que eso supone.

Cuando media hora más tarde regresó a su casa, el señor Arable llevaba una caja de cartón bajo el brazo. Fern estaba arriba, cambiándose de calzado. La mesa de la cocina estaba preparada para el desayuno y la habitación olía a café, a panceta, a yeso húmedo y al humo de la madera que ardía en el fogón.

—¡Déjalo en su silla! —dijo la señora Arable. Y el señor Arable puso la caja de cartón en el sitio reservado a Fern. Luego se acercó a la pila, se lavó las manos y se las secó en la toalla sin fin.

Fern bajó lentamente las escaleras. Sus ojos estaban enrojecidos de tanto llorar. Cuando se acercó a su silla la caja de cartón se agitó y se oyó el ruido que el lechón hacía al frotarse contra los costados. Fern miró a su padre. Luego levantó la tapa de la caja. Allí dentro, observándola, estaba el cerdito recién nacido. Era blanco. La luz de la mañana traspasaba sus orejas, volviéndolas de un color rosa.

—Es tuyo —dijo el señor Arable—. Salvado de una muerte prematura. Y que el Señor me perdone por cometer esta tontería.

Fern no podía apartar los ojos del cerdito.

—Oh —murmuró— *miradle*. Es verdaderamente perfecto.

Cerró cuidadosamente la caja. Primero besó a su padre y luego besó a su madre. Después volvió a levantar la tapa y sacó el cerdi-

to, apretándolo contra su mejilla. En aquel momento entró en la cocina su hermano Avery. Avery tenía diez años. Iba armado. En una mano llevaba una escopeta de aire comprimido y en la otra una daga de madera.

—¿Qué es eso? —preguntó—. ¿Qué es lo que tiene Fern?

—Ha traído a desayunar a un invitado —respondió la señora Arable—. ¡Avery, lávate las manos y la cara!

—¡Vamos a verlo! —dijo Avery, dejando su escopeta—. ¿Y tú crees que este bicho es un cerdo? ¡Vaya cerdo que no es mayor que una cobaya!

—¡Avery, lávate y tómate el desayuno! —dijo su madre—. Dentro de media hora estará aquí el autobús de la escuela.

—¿Me vas a regalar un cerdo a mí también, papá? —preguntó Avery.

—No, yo sólo regalo cerdos a los que madrugan —replicó el señor Arable—. Fern se levantó con el día para tratar de librar de

injusticias al mundo. Y como resultado, ahora tiene un cerdito. Desde luego es muy pequeño, pero al fin y al cabo se trata de un cerdo. Eso sólo demuestra lo que puede conseguir una persona cuando se levanta temprano. ¡Hala, a desayunar!

Pero Fern no podía comer hasta que su cerdito hubiese tomado leche. La señora Arable encontró un biberón con su tetina de goma. Vertió leche tibia en la botella, ajustó la tetina a la boca de ésta y se la entregó a Fern.

—¡Dale su desayuno! —dijo.

Un minuto más tarde, Fern estaba sentada en el suelo en un rincón de la cocina con su cerdito entre las rodillas, enseñándole a mamar del biberón. El cerdito, aunque menudo, tenía buen apetito y aprendió muy pronto.

Oyeron el claxon del autobús que llegaba por la carretera.

—¡Corred! —les dijo la señora Arable, quitándole el cerdito a Fern y poniendo en su mano un bollo. Avery se apoderó de su escopeta y de otro bollo.

Los niños corrieron hasta la carretera y subieron al autobús. Fern no se fijó en los demás chicos que había dentro. Se sentó, miró por la ventanilla y pensó que éste era un mundo maravilloso y que ella era muy afortunada por tener que ocuparse de un cerdito. Cuando el autobús llegó a la escuela, Fern ya le había encontrado nombre, escogiendo el que le pareció más bonito entre los que se le ocurrieron.

—Se llama Wilbur —murmuró para sí misma.

Aún seguía pensando en el cerdito cuando la profesora dijo:

—Fern, ¿cuál es la capital de Pennsylvania?

—Wilbur —replicó Fern, todavía en las nubes. Sus compañeros se echaron a reír y Fern se ruborizó.

## Wilbur

Fern quería a Wilbur más que a nada en el mundo. Le gustaba acariciarlo, alimentarlo y dormirlo. Cada mañana, en cuanto se levantaba, calentaba su leche, ajustaba la tetina y sostenía el biberón para que bebiera. Cada tarde, en cuanto el autobús se detenía frente a su casa, saltaba a la carretera y corría a la cocina para prepararle otro biberón. Volvía a darle leche a la hora de cenar, y de nuevo antes de irse a la cama. La señora Arable se encargaba de darle un biberón a mediodía, cuando Fern estaba en la escuela. A Wilbur le gustaba la leche y jamás se sentía tan bien como cuando Fern se la calentaba. Permanecía alzado sobre sus patas, mirándola con ojos de adoración.

Durante los primeros días de su vida, a Wilbur se le permitió vivir en una caja, cerca del fogón de la cocina. Luego, cuando la señora Arable se quejó, fue trasladado a una caja más grande, en la leñera. Cuando cumplió dos semanas, lo llevaron afuera. Era el tiempo en que florecen los manzanos y los días se hacían ya más templados. El señor Arable dispuso especialmente para Wilbur un corralito bajo un manzano, con un cajón grande lleno de paja en el que abrió un agujero para que entrara y saliera como le viniera en gana.

—¿No tendrá frío por la noche? —preguntó Fern.

—No —dijo su padre—. Obsérvalo y fíjate en lo que hace.

Con un biberón en la mano, Fern se sentó bajo el manzano dentro del corralito. Wilbur corrió hacia ella y Fern sostuvo la botella mientras el cerdito chupaba. Cuando acabó hasta la última gota, gruñó y, adormilado, se metió en el cajón. Fern miró por el agujero. Wilbur hurgaba en la paja con su hocico. En muy poco tiempo abrió un túnel en la paja. Se metió en el túnel y desapareció de la vista, completamente cubierto por la paja. Fern se sintió encantada. Se tranquilizó al saber que su cerdito dormiría tapado y que estaría calentito.

Cada mañana, después del desayuno, Wilbur acompañaba a Fern hasta la carretera y esperaba con ella a que llegase el autobús. Ella le decía adiós con la mano y él se quedaba mirando el autobús hasta que desaparecía en una curva. Mientras Fern se hallaba en la escuela, Wilbur permanecía encerrado en su corralito. Pero en cuanto Fern llegaba a casa por la tarde, lo sacaba y el cerdito la seguía por todas partes. Si iba a la casa, Wilbur iba también. Si subía al piso de arriba, Wilbur se quedaba esperando al pie de la escalera hasta que bajaba. Si sacaba a pasear su muñeca en el cochecito, Wilbur iba detrás. A veces Wilbur se cansaba y entonces Fern lo cogía y lo ponía en el cochecito junto a la muñeca. A Wilbur le gustaba esto. Y si estaba *muy* cansado, cerraba los ojos

y se dormía bajo la manta de la muñeca. Estaba muy mono con los ojos cerrados porque tenía las pestañas muy largas. La muñeca cerraba también los ojos, y Fern empujaba su cochecito muy despacio y con mucho cuidado para no despertar a sus niños.

Una tarde de calor, Fern y Avery se pusieron los bañadores y fueron a nadar al arroyo. Wilbur corrió tras Fern. Cuando ella se metió en el arroyo, Wilbur se metió también. Pero el agua le pareció demasiado fría. Así es que mientras los niños nadaban, jugaban y se echaban agua, Wilbur se entretuvo en el barro de la orilla. Allí hacía calor, había humedad y la tierra estaba deliciosamente pegajosa y fangosa.

Cada día era un día feliz y cada noche una noche tranquila.

Wilbur era lo que los granjeros llaman un cerdo de primavera, que significa simplemente que nació en esa época del año. Cuando cumplió cinco semanas, el señor Arable dijo que era suficientemente grande para venderlo y que habría que hacerlo. Fern se echó a llorar. Pero su padre se mostró firme. El apetito de Wilbur había aumentado; empezaba a comer sobras de la comida junto con la leche. El señor Arable no estaba dispuesto a alimentarlo por más tiempo. Había vendido ya diez hermanos y hermanas de Wilbur.

—Tiene que irse, Fern —dijo—. Ya te has entretenido criando un cerdito, pero Wilbur ya no es un bebé y hay que venderlo.

—Llama a los Zuckerman —sugirió la señora Arable a Fern—. Tu tío Homer cría a veces un cerdo. Y si Wilbur va a vivir allí, podrás bajar por la carretera y verlo cuando se te antoje.

—¿Cuánto dinero debo pedir por él? —preguntó Fern.

—Bueno —dijo su padre— es canijo. Di a tu tío Homer que tienes un cerdo y que estás dispuesta a vendérselo por seis dólares. A ver qué te responde.

Pronto se arregló todo. Fern llamó por teléfono y se puso su tía Edith. Tía Edith le gritó a tío Homer, y tío Homer vino del granero y habló con Fern. Cuando supo él que el precio era sólo seis dólares, respondió que compraría el cerdo. Al día siguiente, sacaron a Wilbur de su casita bajo el manzano. Fue a vivir en un montón de estiércol en la cueva del granero de los Zuckerman.

## Escapada

El granero era muy grande. También era muy viejo. Olía a heno y a estiércol. Olía al sudor de caballos fatigados y al maravilloso aliento dulzón de las pacientes vacas. Era un olor que daba paz, como si nada malo pudiera volver a suceder en el mundo. Olía a grano y al cuero de los arneses y a la grasa de los ejes de los carros y a la goma de las botas y al cáñamo de las cuerdas. Y siempre que le daban a un gato una cabeza de pescado, todo el granero olía a pescado. Pero sobre todo olía a heno, porque siempre había mucho en el desván de la parte superior del granero. Y siempre había que bajar de allí heno para las vacas, para los caballos y para las ovejas.

El granero tenía un calorcillo agradable en invierno, cuando los animales pasaban la mayor parte del tiempo bajo techado, y un fresco agradable en verano cuando las grandes puertas, abiertas de par en par, dejaban entrar la brisa. En su planta principal, el granero tenía pesebres para los caballos de tiro y argollas para atar las vacas. Más abajo se encerraban las ovejas y había una pocilga para Wilbur, y estaba lleno de todas esas cosas que hay en los graneros: escaleras de mano, piedras de afilar, llaves inglesas, cortacéspedes, palas para quitar la nieve, hachas de mano, cántaras de leche, cubos para el agua, sacos de grano ya vacíos y ratoneras enmohecidas. Era esa clase de granero que se traga todo como si todo le sirviera. Era esa clase de granero en donde a los niños les gusta jugar. Y todo aquello era propiedad del tío de Fern, el señor Homer L. Zuckerman.

EL nuevo hogar de Wilbur, en el piso inferior del granero, se hallaba directamente bajo el lugar que ocupaban las vacas. El señor Zuckerman sabía que un buen montón de estiércol es un buen lugar para tener a un cerdo pequeño. Los cerdos necesitan calor y allá abajo, junto a la pared del Sur, la temperatura resultaba agradable y se estaba bien.

Fern acudía a verlo casi todos los días. Encontró una vieja banqueta de ordeñar que ya habían dejado por inservible y la colocó en el redil de las ovejas junto a la cochiquera de Wilbur. Allí pasaba en silencio las largas tardes, pensando, escuchando y observando a Wilbur. Pronto la conocieron las ovejas y empezaron a confiar en ella. Lo mismo les sucedió a las ocas que vivían con las ovejas. Todos los animales confiaban en ella porque los trataba bien. El señor Zuckerman no le dejaba sacar fuera a Wilbur ni tampoco le permitía que entrara en la pocilga. Pero dijo a Fern que podría

sentarse en la banqueta y observar a Wilbur tanto tiempo como quisiera. Se sentía feliz estando cerca del cerdo y a Wilbur también le hacía feliz ver que ella estaba allí, justo al otro lado de su cochiquera. Pero ya no volvieron a repetirse para él los buenos momentos; ya no había paseos, ni viajes en el cochecito, ni baños.

Una tarde de junio, cuando Wilbur tenía ya casi dos meses, salió a su pequeño patio fuera del granero. Fern no había llegado para su visita habitual. Wilbur se quedó al sol, sintiéndose solitario y aburrido.

—Aquí no hay nada que hacer —pensó. Caminó lentamente hasta la artesa de la comida para ver si se había dejado algo. La olió y halló una monda de patata y se la comió. Le picaba el lomo, así es que se apoyó contra la cerca y se frotó contra las tablas. Cuando se cansó de aquello, se fue adentro, subió a lo alto del montón de estiércol y se sentó allí. No tenía ganas de dormir ni de hozar, estaba cansado de estar quieto, cansado de estar tumbado.

—Tengo menos de dos meses y ya estoy cansado de vivir —dijo—. Y salió de nuevo al corral.

—Cuando estoy fuera —dijo— no tengo otro lugar a donde ir como no sea adentro. Y cuando estoy dentro no tengo otro lugar a donde ir como no sea saliendo al corral.

—En eso te equivocas, amigo mío —dijo una voz.

Wilbur miró a través de la cerca y vio, allá afuera, a la oca.

—No tienes por qué quedarte en ese sucio y pequeño, sucio y pequeño, sucio y pequeño corral —añadió la oca, que hablaba muy deprisa—. Una de las tablas está suelta. Empújala. ¡Empuja-empuja-empuja y sal!

—¿Cómo? —dijo Wilbur—. ¡Habla más despacio!

—A-a-a, a riesgo de repetirme —declaró la oca—. Te sugiero que salgas. Es maravilloso estar aquí.

—¿Dijiste que una tabla estaba suelta?

—Eso es lo que dije, eso es lo que dije —replicó la oca.

Wilbur se aproximó a la cerca y vio que la oca tenía razón. Una de las tablas estaba suelta. Bajó la cabeza, cerró los ojos y empujó. La tabla cedió. En cosa de un minuto consiguió deslizarse a través de la cerca y pisó las altas hierbas que crecían fuera del corral. La oca lanzó una risita.

—¿Qué te parece ser libre? —preguntó.

—Me gusta —dijo Wilbur—. Es decir, *supongo* que me gusta.

En realidad, Wilbur tenía una extraña sensación al verse al otro lado de la cerca, sin nada entre él y el resto del mundo.

—¿A dónde crees que sería mejor ir?

—Adonde quieras, adonde quieras —respondió la oca—. ¡Vete al huerto y cómete la hierba! ¡Vete a la huerta y arranca rábanos! ¡Excava todo! ¡Arranca hierba! ¡Busca grano! ¡Coge avena! ¡Corre por todas partes! ¡Salta y baila, brinca y corre! ¡Cruza el huerto y paséate por el bosque! El mundo es un lugar maravilloso cuando eres joven.

—Ya me doy cuenta —dijo Wilbur. Saltó en el aire, giró en redondo, corrió unos pasos, se detuvo, miró en todas direcciones, aspiró los olores de la tarde, y luego se puso en camino a través del huerto. Se detuvo a la sombra de un manzano y, aplicando su robusto hocico al suelo, empezó a hozar, empujando, excavando y arrancando. Se sentía muy feliz. Removió una buena porción de tierra antes de que alguien reparara en él. La señora Zuckerman fue la primera en verlo. Lo distinguió a través de la ventana de la cocina e inmediatamente empezó a gritar a los hombres.

—¡Ho-*mer*! —chilló—. ¡Se ha escapado el cerdo! ¡Lurvy! ¡Se ha escapado el cerdo! ¡Está allí, bajo aquel manzano!

—Ahora empiezan los apuros —pensó Wilbur—. Vaya problema.

La oca oyó los gritos y también ella empezó a chillar.

—¡Corre-corre-corre cuesta abajo, al bosque, al bosque! —gritó a Wilbur—. Nunca-nunca-nunca te atraparán en el bosque.

El *cocker spaniel* advirtió el escándalo y también él salió del granero para participar en la persecución. Y lo oyó el señor Zuckerman, que abandonó el taller donde reparaba una herramienta. Lurvy, el jornalero, percibió el griterío y salió de la esparraguera donde estaba arrancando las malas hierbas. Todo el mundo fue tras Wilbur, y Wilbur no sabía qué hacer. El bosque parecía muy lejano y además, no habiendo estado nunca allí, no estaba seguro de que le gustaría aquel lugar.

—Ciérrale el paso, Lurvy —dijo el señor Zuckerman—. ¡Y llévalo hacia el granero! Con calma, no lo acoses. Iré a buscar un cubo de desperdicios.

La noticia de la escapada de Wilbur se extendió rápidamente entre todos los animales del lugar. Siempre que cualquiera de ellos se escapaba, el hecho constituía un gran acontecimiento para los demás. La oca gritó a la vaca más próxima que Wilbur se había

escapado, y pronto lo supieron todas las vacas. Luego una de las vacas se lo dijo a una oveja, y pronto lo supieron todas las ovejas. Los corderos se enteraron por sus madres. Los caballos, ante sus pesebres del granero, alzaron las orejas cuando oyeron los chillidos de la oca y pronto conocieron lo que estaba pasando.

—Wilbur está fuera —dijeron.

Cada animal se agitó, alzó su cabeza y se excitó al saber que uno de sus amigos estaba libre y no permanecía dentro de una cerca o sujeto a una argolla.

Wilbur no sabía qué hacer ni hacia dónde correr. Tenía la impresión de que todos iban tras él. «Si esto es ser libre», pensó, «me parece que preferiría estar encerrado en mi cochiquera».

El *cocker spaniel* se le acercaba por un lado; Lurvy, el jornalero, se acercaba por otro. La señora Zuckerman estaba lista para cortarle el camino si pretendía ir a la huerta. Y ahora el señor Zuckerman venía hacia él con un cubo. «Esto es realmente terrible», pensó Wilbur, «¿por qué no viene Fern?». Y se echó a llorar.

Pero la oca se impuso y empezó a darle órdenes.

—¡No te quedes ahí, Wilbur! ¡Regatea, regatea! —gritó la oca—

¡Búrlales, corre hacia mí, esquiva, esquiva, esquiva! ¡Corre hacia el bosque! ¡Regatea, esquiva, corre!

El *cocker spaniel* trató de atrapar una de las patas traseras de Wilbur. Pero Wilbur dio un salto y echó a correr. Lurvy se lanzó, tratando de alcanzarlo. La señora Zuckerman chilló a Lurvy. La oca jaleó a Wilbur. Wilbur se metió entre las piernas de Lurvy. Y Lurvy no acertó a retenerlo y cogió, por el contrario, una pata del *spaniel*.

—¡Bien hecho, bien hecho! —gritó la oca—. ¡Otra vez, otra vez!

—¡Cuesta abajo! —vocearon las vacas.

—¡Corre hacia mí! —gritó el ganso.

—¡Cuesta arriba! —chillaron las ovejas.

—¡Regatea! —le ordenó la oca.

—¡Salta y gira! —dijo el gallo.

—¡Cuidado con Lurvy! —le avisaron las vacas.

—¡Cuidado con Zuckerman! —le previno el ganso.

—¡Ojo con el perro! —gritaron las ovejas.

—¡Escúchame, escúchame! —chilló la oca.

El pobre Wilbur estaba aturdido y asustado por aquel griterío. No le gustaba ser el centro de aquel tumulto. Trató de seguir los consejos que le daban sus amigos, pero no podía correr cuesta abajo y cuesta arriba al mismo tiempo, ni podía regatear y esquivar al tiempo que giraba y saltaba. Lloraba tanto que apenas podía ver lo que estaba sucediendo. Al fin y al cabo Wilbur era un cerdo muy pequeño, no mucho mayor en realidad que un bebé. Deseaba que Fern hubiera estado allí para cogerlo en brazos y consolarlo. Cuando alzó los ojos y vio al señor Zuckerman muy cerca de él, con el cubo lleno de desperdicios calientes de comida, se sintió aliviado. Levantó el hocico y lo olió. El aroma era delicioso: leche caliente, mondas de patatas, salvado, copos de maíz y el bollo que había sobrado del desayuno de los Zuckerman.

—¡Ven, cerdo! —dijo el señor Zuckerman, golpeando el cubo—. ¡Ven, cerdo!

Wilbur dio un paso hacia el cubo.

—¡No-no-no! —dijo la oca—. Es el viejo truco del cubo, Wilbur. ¡No te dejes engañar! ¡No te dejes engañar! Está poniéndote un cebo para que vuelvas a la cautividad-vidad. Abusa de tu estómago.

A Wilbur no le importaba. La comida tenía un olor apetitoso. Dio otro paso hacia el cubo.

—¡Cerdo, cerdo! —dijo el señor Zuckerman con voz amable, mirando inocentemente en torno de él como si no se hubiera dado cuenta de que le seguía un cerdito blanco.

—Lo sentirás-sentirás-sentirás —le advirtió la oca.

A Wilbur no le importaba. Siguió caminando hacia el cubo de desperdicios.

—Perderás tu libertad —le gritó la oca—. Una hora de libertad bien vale un barril de desperdicios.

A Wilbur no le importaba.

Cuando el señor Zuckerman llegó a la pocilga, pasó por encima de la cerca y vertió los desperdicios en la artesa. Luego quitó la tabla suelta de la cerca para que quedara sitio suficiente con objeto de que pudiera entrar Wilbur.

—¡Piénsalo, piénsalo! —chilló la oca.

Wilbur no le hizo caso. Franqueó la cerca y se metió en su corral. Se dirigió a la artesa y bebió un rato las gachas. Absorbía la leche y masticaba el bollo. Era magnífico eso de estar en casa de nuevo.

Mientras Wilbur comía, Lurvy trajo un martillo y unos clavos y colocó la tabla en su sitio. Luego, el señor Zuckerman y él se apoyaron perezosamente en la cerca y el señor Zuckerman rascó el lomo de Wilbur con un palo.

—Todo un cerdo —dijo Lurvy.

—Sí, será un buen cerdo —remachó el señor Zuckerman.

Wilbur oyó las palabras halagadoras. Sintió la leche caliente dentro de su estómago. Sintió el agradable frotamiento del palo por el lomo que le picaba. Se notó tranquilo, feliz y soñoliento. Esta había sido una tarde fatigosa. Todavía eran cerca de las cuatro de la tarde, pero Wilbur estaba dispuesto para irse a dormir.

—En realidad, soy demasiado pequeño para salir yo solo al mundo —pensó al echarse.

## Soledad

El día siguiente amaneció lluvioso y sombrío. La lluvia caía sobre el tejado del granero y constantemente goteaba el alero; en el corral, formaba arroyuelos, que sendero abajo, corrían donde crecían cardos y ceñiglos. La lluvia también golpeaba contra las ventanas de la cocina de la señora Zuckerman, salía a borbotones de las bocas de los canalones y caía sobre los lomos de las ovejas que pastaban en el prado hasta que, cansadas de soportar la lluvia, caminaban lentamente sendero arriba e iban al redil.

La lluvia echó abajo los planes de Wilbur. Wilbur había proyectado salir aquel día al corral y excavar un nuevo agujero. También tenía otros planes. Más o menos eran así:

Desayuno a las seis y media. Nata, mendrugos, salvado, pedazos de torta de harina que todavía conservaban gotas de miel de arce, las sobras de un bollo, mondas de patatas, lo que había quedado de un pastel de pasas y copos de cereal.

El desayuno terminaría a las siete.

De siete a ocho Wilbur pensaba tener una charla con Templeton, la rata que vivía bajo su artesa. Hablar con Templeton no resultaba la cosa más interesante del mundo, pero algo era mejor que nada.

De ocho a nueve, Wilbur proyectaba echar un sueñecito al sol.

De nueve a once pensaba excavar un agujero en el suelo o abrir una trinchera y posiblemente hallar enterrado algo que resultara comestible.

De once a doce pensaba permanecer quieto y observar las moscas en las tablas, las abejas sobre los tréboles y las golondrinas en el aire.

A las doce llegaba la hora de comer. Pienso, agua caliente, mondas de manzana, roeduras de zanahoria, pedazos de carne con salsa, maíz molido y cortezas de queso. La comida terminaría a la una.

De una a dos Wilbur pensaba dormir.

De dos a tres proyectaba rascarse en donde le picara, frotándose contra la cerca.

De tres a cuatro pensaba quedarse perfectamente quieto, reflexionar acerca de lo que significaba estar vivo y aguardar a Fern.

A las cuatro llegaría la cena. Nata, forraje, las sobras de la comida de Lurvy, mondas de ciruelas, un pedazo de aquí y un poco de allá, patatas fritas, gotas de mermelada, un poco más de esto y de aquello, manzana cocida y las migas de un pastel.

Wilbur se fue a dormir pensando en esos planes. Se despertó a las seis, vio la lluvia y le pareció que no podría resistirlo.

—Todo estaba magníficamente planeado y ahora tiene que llover.

Durante un rato permaneció melancólico dentro del granero. Luego se acercó a la puerta y miró. Gotas de lluvia le golpearon en la cara. Su corral estaba frío y húmedo. En su artesa había un par de centímetros de agua. No se veía por ningún sitio a Templeton.

—¿Estás por ahí, Templeton? —gritó Wilbur.

No hubo respuesta. De repente, Wilbur se sintió solitario y sin amigos.

—Un día como otro cualquiera —se quejó—. Soy muy pequeño; en este granero no tengo verdaderos amigos; lloverá toda la mañana y toda la tarde y Fern no vendrá con un tiempo como éste.

¡Oh, verdaderamente...! Y por segunda vez en dos días Wilbur se echó a llorar.

A las seis y media Wilbur oyó el sonido de un cubo. Lurvy estaba afuera, bajo la lluvia, removiendo el desayuno.

—¡Vamos, cerdo! —dijo Lurvy.

Wilbur se movió. Lurvy vertió los desperdicios, rascó el cubo y se alejó. Advirtió que algo pasaba al cerdo.

Wilbur no quería comida, quería cariño. Quería un amigo, alguien que jugara con él. Habló de esto a la oca que estaba tranquilamente sentada en un rincón del redil.

—¿Quieres venir a jugar conmigo? —le preguntó.

—Lo siento, lo siento, lo siento —dijo la oca—. Estoy sentada-sentada sobre mis huevos. Son ocho. Tengo que mantenerlos bien cali-calientes. Tengo que quedarme aquí. No puedo ser ninguna vele-veleta. No juego cuando tengo huevos que incubar. Voy a tener ansarinos.

—Bueno, yo no pensaba que tuvieses pájaros carpinteros —dijo Wilbur, hoscamente.

Después, Wilbur probó con uno de los corderos.

—Por favor, ¿quieres jugar conmigo? —preguntó.

—De ningún modo —replicó el cordero—. En primer lugar, yo no puedo entrar en tu pocilga. No soy suficientemente grande para saltar la cerca. Y además no me interesan los cerdos. Para mí, los cerdos significan menos que nada.

—¿Qué quieres decir con eso de *menos* que nada? —contestó Wilbur—. No creo que haya algo que sea *menos* que nada. Nada es por completo el límite de la nadería. Es lo más bajo adonde puedes llegar. Es el final de la línea. ¿Cómo puede ser algo menos que nada? Si hubiera algo que fuera menos que nada, entonces nada no sería nada, sería algo... aunque fuese siquiera un poquito muy pequeño de algo. Pero si nada es *nada*, entonces nada no tiene nada que sea menos de lo que *eso* es.

—¡Cállate! —le dijo el cordero—. ¡Vete a jugar tú solo! ¡Yo no juego con cerdos!

Entristecido, Wilbur se tumbó y escuchó la lluvia. Poco después, vio la rata bajar por una tabla inclinada que utilizaba como escalera.

—¿Jugarás conmigo, Templeton? —preguntó Wilbur.

—¿Jugar? —dijo Templeton, retorciéndose los bigotes—. ¿Jugar? Apenas conozco el significado de esa palabra.

—Bueno —replicó Wilbur—, significa divertirse, triscar, correr, brincar y retozar.

—Jamás hago esas cosas, si puedo evitarlo —replicó agriamente la rata—. Prefiero pasar el tiempo comiendo, royendo, espiando y ocultándome. Soy glotona pero no juguetona. Ahora mismo voy a tu artesa para comerme tu desayuno ya que tú no tienes juicio suficiente para comértelo.

Y la rata Templeton trepó con seguridad por la pared, y desapareció en el túnel que ella misma había construido en la pocilga de Wilbur entre la puerta y la artesa. Templeton era una rata ma-

27

ñosa y hacía las cosas a su manera. El túnel era un ejemplo de su habilidad y de su astucia. El túnel le permitía ir desde el granero hasta el escondrijo bajo la artesa del cerdo sin que nadie la viera. Tenía túneles y trincheras por toda la granja del señor Zuckerman y podía ir de un lugar a otro sin que nadie se diera cuenta. Habitualmente dormía de día y salía al oscurecer.

Wilbur la vio desaparecer en su túnel. Casi al instante distinguió el agudo hocico de la rata que asomaba ahora bajo la artesa de madera. Cautelosamente, Templeton subió al borde de la artesa. Esto era casi más de lo que Wilbur podía soportar: ver que en aquel día lluvioso y tristón alguien devoraba su desayuno. Sabía que allá afuera, Templeton estaba calándose, pero ni siquiera eso lo consoló. Sin amigos, abandonado y hambriento, se echó en el estiércol y sollozó.

Aquella tarde Lurvy fue a ver al señor Zuckerman.

—Creo que a su cerdo le pasa algo. No ha tocado la comida.

—Dale dos cucharadas de azufre y un poco de melaza —dijo el señor Zuckerman.

Wilbur no podía creer lo que le estaba sucediendo cuando Lurvy lo cogió y lo obligó a tragar la medicina. Aquel era desde luego el peor día de su vida. No sabía si podría resistir por más tiempo esa terrible soledad.

La oscuridad cayó sobre todas las cosas. Pronto sólo hubo sombras y los ruidos que hacían las ovejas rumiando, y de vez en cuando, sobre su cabeza, el entrechocar de la cadena de alguna vaca. Puedes imaginarte, pues, la sorpresa de Wilbur cuando de la oscuridad surgió una vocecita que jamás había oído antes. Era muy aguda pero resultaba agradable.

—¿Quieres un amigo, Wilbur? Yo seré amiga tuya. Te he observado todo el día y me gustas.

—Pero yo no puedo verte —respondió Wilbur, alzándose de un salto—. ¿En dónde estás? ¿Y *quién* eres?

—Estoy aquí arriba —repuso la voz—. Vete a dormir. Ya me verás por la mañana.

## Carlota

La noche parecía larga. Wilbur tenía el estómago vacío y la mente llena. Y cuando tienes el estómago vacío y la mente llena siempre resulta difícil dormir.

Wilbur se despertó una docena de veces a lo largo de la noche. Permanecía mirando en la oscuridad, escuchando los sonidos y tratando de averiguar qué hora sería. Un granero nunca es un lugar completamente silencioso. Incluso a medianoche suele haber algo que se mueve.

La primera vez que se despertó oyó a Templeton, royendo para abrir un agujero en el arcón del grano. Los dientes de Templeton atacaban con fuerza la madera y hacían muchísimo ruido. «¡Esa condenada rata!», pensó Wilbur. «¿Por qué tiene que permanecer en pie toda la noche, haciendo esos chirridos y destruyendo la propiedad de las personas? ¿Por qué no puede irse a dormir como cualquier animal decente?»

La segunda vez que se despertó, Wilbur oyó la oca revolviéndose en su nido y cloqueando para sí misma.

—¿Qué hora es? —murmuró Wilbur a la oca.

—Probablemente-bablemente-bablemente alrededor de las once y media —replicó la oca—. ¿Por qué no estás dormido, Wilbur?

—Tengo demasiadas cosas en qué pensar —contestó Wilbur.

—Bueno —repuso la oca—. Ese no es problema *mío*. Yo no tengo nada en la cabeza pero tengo muchas cosas debajo. ¿Has intentado alguna vez dormir sentado sobre ocho huevos?

—No —contestó Wilbur—. Supongo que *es* incómodo. ¿Cuánto tiempo tarda la incubación de un huevo de oca?

—Aproximadamente-madamente treinta días, por lo general —respondió la oca—. Pero, a veces hago trampas. En las tardes tibias, pongo un poco de paja sobre los huevos y salgo a darme un paseo.

Wilbur bostezó y volvió a dormirse. En su sueño oyó otra vez la voz que le decía: «Yo seré amiga tuya. Vete a dormir. Ya me verás por la mañana.»

Una media hora antes de que amaneciera, Wilbur se despertó y escuchó. El granero aún estaba oscuro. Las ovejas estaban tendidas, inmóviles. Incluso la oca estaba quieta. Arriba, en el piso principal, nada se movía: las vacas descansaban y los caballos dormitaban. Templeton había dejado de trabajar y habría ido a hacer algún recado. El único sonido era un ligero chirrido en el tejado, en donde la veleta iba y venía. A Wilbur le gustaba el granero cuando estaba así, callado y tranquilo, aguardando la luz.

«Casi ha llegado el día», pensó.

Por un ventanuco apareció un ligero resplandor. Una tras otra, las estrellas desaparecieron. Wilbur podía ver ya la oca, a muy corta distancia de él. Estaba sentada con la cabeza metida bajo un ala. Luego pudo distinguir las ovejas y los corderos. El cielo se aclaró.

—¡Oh, qué día tan bello! Hoy veré por fin a mi amiga.

Wilbur miró por todas partes. Observó cuidadosamente su cochiquera. Examinó el alféizar de la ventana y contempló el techo. Pero no vio nada nuevo. Finalmente, decidió que tendría que llamarla. No le gustaba romper con su voz el silencio del amanecer, pero no se le ocurrió otro medio de localizar a su misteriosa y nueva amiga a la que no veía por parte alguna. Por lo tanto, Wilbur se aclaró la garganta.

—¡Atención, por favor! —dijo con voz alta y firme—. ¡Ruego

a quien anoche, a la hora de dormir, se dirigió a mí, que tenga la amabilidad de hacerse conocer con una señal apropiada!

Wilbur hizo una pausa y escuchó. Todos los demás animales levantaron sus cabezas y lo observaron. Wilbur se ruborizó. Pero estaba resuelto a ponerse en contacto con su desconocida amiga.

—¡Atención, por favor! —dijo—. Repetiré el mensaje. Quien anoche, a la hora de dormir, se dirigió a mí, que tenga la amabilidad de hablar. ¡Por favor, dime dónde estás, si es que eres mi amiga!

Las ovejas se miraron unas a otras con expresión de enfado.

—¡Deja esas tonterías, Wilbur! —dijo la oveja de mayor edad—. Si tienes aquí una amiga, probablemente estás interrumpiendo su descanso; y el medio más rápido de echar a perder una amistad es despertar a alguien por la mañana antes de que esté dispuesto para levantarse. ¿Cómo puedes estar seguro de que tu amiga se levanta temprano?

—Te pido perdón —murmuró Wilbur—. No pensaba que fuese tan molesto.

Se tendió sumisamente en el estiércol, frente a la puerta. No lo sabía, pero su amiga se hallaba muy cerca. Y la oveja de más edad tenía razón: su amiga aún dormía.

Pronto apareció Lurvy con los desperdicios del desayuno. Wilbur salió a toda prisa, se comió todo en un santiamén y lamió la artesa. Las ovejas se fueron sendero abajo. El ganso siguió tras ellas, arrancando la hierba. Y entonces, precisamente cuando Wilbur se disponía a echar su siesta de las mañanas, oyó de nuevo la aguda vocecita que le habló la noche anterior.

—¡Mis saludos! —dijo la voz.

Wilbur se puso en pie de un salto.

—¿Salu-*qué*? —gritó.

—¡Saludos! —repitió la voz.

—¿Qué es *eso* y dónde estás *tú*? —chilló Wilbur—. Por favor, *por favor,* dime dónde estás. ¿Y qué son saludos?

—Saludos es un recibimiento que se hace —dijo la voz—. Cuando digo «saludos», es mi modo especial de decir «*hola*» o «*buenos días».* Ya sé que es una expresión tonta y me sorprende haberla empleado. Por lo que se refiere al lugar en que estoy, es fácil. ¡Mira, hacia arriba, en la esquina del quicio de la entrada! Aquí estoy. ¡Mira cómo me columpio!

Y por fin vio Wilbur al ser que le había hablado con tanta amabilidad. En el quicio de la puerta, se extendía por su parte superior una gran telaraña. De lo alto de la red, colgando cabeza aba-

jo, había una gran araña gris. Tenía el tamaño de una bola de anís y ocho patas y con una de ellas hacía gestos amistosos a Wilbur.

—¿Me ves ahora? —preguntó.

—Oh, claro —dijo Wilbur—. ¡Sí, desde luego! ¿Qué tal estás? ¡Buenos días! ¡Saludos! Encantado de conocerte. ¿Cómo te llamas, por favor? ¿Puedo saber tu nombre?

—Me llamo Carlota —replicó la araña.

—Carlota, ¿qué más?

—Carlota A. Cavatica. Pero llámame sencillamente Carlota.

—Creo que eres bella —dijo Wilbur.

—Bueno, soy *bonita* —contestó Carlota—. No hay por qué negarlo. Casi todas las arañas tienen muy buena presencia. Yo no soy llamativa como algunas, pero no estoy nada mal. Me gustaría, Wilbur, poder verte tan claramente como me ves tú.

—¿Por qué no puedes? —preguntó el cerdo—. Estoy aquí.

—Sí, pero soy miope —contestó Carlota—. Siempre fui terriblemente miope. Es bueno para algunas cosas pero no tan bueno para otras. Mira cómo atrapo esta mosca.

Una mosca que había estado husmeando por la artesa de Wilbur echó a volar y se estrelló contra la parte inferior de la telaraña. Pronto se enredó en sus hilos pegajosos. La mosca batía sus alas con furia, tratando de soltarse y escapar.

—Primero —dijo Carlota—. Me lanzo hacia ella. Se tiró cabeza abajo hacia la mosca. Al descender, un hilo fino y sedoso se desenrolló de su parte posterior.

—Ahora la atrapo.

Se apoderó de la mosca. Lanzó más hilo en torno de ella, le dio varias vueltas y la mosca quedó tan sujeta que no podía moverse. Wilbur estaba horrorizado. Apenas podía creer lo que veía y aunque odiaba las moscas, sintió pena por aquélla.

—¡Ya está! —dijo Carlota—. Ahora la dejo inconsciente para que se encuentre más cómoda.

Mordió la mosca.

—Ahora ya no siente nada. Será un desayuno perfecto para mí.

—¿Quieres decir que tú *comes* moscas? —preguntó Wilbur con voz entrecortada.

—Pues claro. Moscas, chinches, saltamontes, escarabajos deliciosos, polillas, mariposas, sabrosas cucarachas, cínifes, moscas de agua, tijeretas, ciempiés, mosquitos, grillos, todo el que es suficientemente atolondrado como para quedar atrapado en mi red. Tengo que vivir. ¿No te parece?

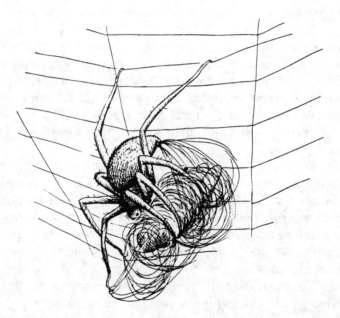

—¿Cómo? Ah, sí, claro —dijo Wilbur—. ¿Y saben bien?

—Deliciosos; en realidad no los como. Los bebo, me bebo su sangre. Me gusta la sangre —dijo Carlota. Y su voz agradable y aguda se tornó aún más aguda y más agradable.

—¡No digas eso! —gimió Wilbur—. ¡Por favor, no digas eso!

—¿Por qué no? Es cierto y tengo que decir lo que es cierto.

35

No me siento enteramente feliz con mi dieta de moscas y chinches, pero así estoy hecha. Una araña tiene que tener una manera de vivir u otra y resulta que yo soy lacera. De un modo justamente natural, tejo una red y atrapo moscas y otros insectos. Antes que yo, mi madre también fue lacera. Y antes que ella, su madre fue lacera. En nuestra familia todas hemos sido laceras. Desde hace miles y miles de años nosotras, las arañas, hemos estado tendiendo trampas a las moscas y a las chinches.

—Es una terrible herencia —dijo Wilbur sombríamente. Se sentía triste porque su nueva amiga era un ser sediento de sangre.

—Sí, lo es —admitió Carlota—. Pero yo no puedo evitarlo. Ignoro cómo fue eso de que, en los primeros días del mundo, a aquella araña antepasada nuestra se le ocurriera la extraña idea de tejer una red, pero la hizo, y fue toda una hazaña. Desde entonces todas nosotras, las arañas, hemos tenido que recurrir al mismo truco. Mirándolo bien, no está nada mal.

—Es cruel —declaró Wilbur, que no estaba dispuesto a cambiar de opinión.

—Bueno, *tú* no puedes hablar —dijo Carlota—. A *ti* te traen la comida en un cubo. Nadie me alimenta a mí. Yo tengo que ganarme la vida. He de vivir de mi ingenio. He de ser rápida y astuta, pues de otro modo me quedaría hambrienta. Tengo que meditar las cosas, capturar lo que sea, apoderarme de lo que venga. Y sucede, amigo mío, que lo que aquí viene son moscas, insectos, chinches.

—Y *además* —añadió Carlota, agitando una de sus patas—, ¿te has parado a pensar que si yo no capturase bichos y me los comiera, esos bichos aumentarían y se multiplicarían y llegarían a ser tan numerosos que acabarían por destruir la Tierra, devorándolo todo?

—¿De verdad? —dijo Wilbur—. No me gustaría que *eso* sucediera. Quizás después de todo, tu tela de araña sea una buena cosa.

La oca había estado escuchando esta conversación y cloqueando para sí misma. «Hay realmente muchas cosas de la vida que Wilbur no conoce», pensó. «Verdaderamente es un cerdito muy inocente. Ni siquiera sabe lo que le pasará cuando llegue la época de Navidad; no tiene idea de que el señor Zuckerman y Lurvy proyectan matarle.»

Y la oca alzó un tanto su cabeza y removió sus huevos un poco para que recibieran todo el calor de su cálido cuerpo y de sus suaves plumas.

Carlota permaneció en silencio sobre la mosca, disponiéndose a comerla. Wilbur se tendió y cerró los ojos. Estaba cansado de su noche en vela y de la excitación de haber intimado con alguien por primera vez. Una brisa le trajo el olor de los tréboles, del mundo de dulces olores que se extendía más allá de su cerca. «Bueno», pensó, «ya tengo una amiga, de acuerdo. ¡Pero menuda amistad! Carlota es fiera, brutal, astuta y sanguinaria, todo lo que a mí no me gusta. ¿Cómo puede llegar a agradarme, aunque sea bonita y desde luego lista?».

Wilbur simplemente sufría las dudas y los temores que con frecuencia acompañan al hallazgo de una nueva amistad. Con el tiempo descubriría que estaba equivocado acerca de Carlota. Bajo una apariencia descarada y cruel, tenía un corazón tierno y demostraría hasta el final su lealtad y su sinceridad.

## Días de verano

Los primeros días de verano en una granja son los más felices y alegres del año. Florecen las lilas y endulzan el aire y luego se marchitan. Con las lilas llega también el florecer de los manzanos y las visitas de las abejas en torno de las ramas. Los días se tornan tibios y suaves. Acaba la escuela y los niños tienen tiempo para jugar y para pescar truchas en el regato. Avery regresaba a menudo a su casa con una trucha en el bolsillo, tibia y tiesa y dispuesta a que la frieran para la cena.

Ahora que había concluido la escuela, Fern visitaba el granero casi todos los días y se sentaba en silencio en la banqueta. Los animales la trataban como a uno de los suyos. Las ovejas se tendían tranquilamente a sus pies.

Hacia el primero de julio, los caballos de tiro fueron enganchados a la segadora y el señor Zuckerman se subió al pescante y se dirigió al campo. Uno podía oír durante toda la mañana el zumbido de la máquina, yendo y viniendo mientras las altas hierbas caían en fajos largos y verdes tras la segadora. Al día siguiente, si no había tormenta, todos ayudaban a recoger, reunir y cargar el heno que sería llevado al granero en un carromato con Fern y Avery sentados en todo lo alto. Luego el heno, dulzón y cálido, sería almacenado en el enorme sobrado hasta que todo el granero pareciese una maravillosa cama de alfalfa y trébol. Era magnífico saltar allí, y resultaba un lugar perfecto para ocultarse. A veces Avery encontraba en el heno una culebrilla de las hierbas y la añadía a las demás cosas de su bolsillo.

Los primeros días del verano eran una época maravillosa para los pájaros. En los campos, en torno de la casa, en el granero, en el bosque, en la ciénaga, todo era amor, gorjeos, nidos y huevos. Desde la linde del bosque, el gorrión de cuello blanco (que viene nada menos que de Boston) grita:

—¡Oh, Pibu, Pibu, Pibu!

En la rama de un manzano el febe se columpia, menea la cola y dice:

—¡Febe, fe-bi!

El jilguero, que sabe cuán breve y encantadora es la vida, dice:

—Muy, muy, muy dulce; muy, muy, muy dulce.

Si entras en el granero, las golondrinas te observan desde sus nidos y te ordenan:

—¡Vete, vete!

En los primeros días del verano son muchísimas las cosas que un niño puede comer y beber y chupar y mascar. Los tallos de dientes de león rebosan de leche. Las cabezas de los tréboles guardan néctar, el frigorífico está repleto de bebidas heladas. Hay vida allá donde pones los ojos, incluso en la bolita de la punta del tallo de la cizaña. Si la abres, verás que tiene dentro un gusano verde. Y en el reverso de la hoja de una patata están los brillantes huevos anaranjados del escarabajo de esa planta.

Fue un día del comienzo del verano cuando terminó la incubación de los huevos de las ocas. Aquel constituyó un importante acontecimiento en el piso inferior del granero. Cuando sucedió, allí estaba Fern, sentada en su banqueta.

Si se exceptúa a la propia oca, Carlota fue la primera en saber que habían llegado por fin los ansarinos. La oca sabía desde hacía un día que llegaban; pudo oír sus vocecillas llamándola desde dentro de los huevos. Supo que se hallaban ya agobiados allí dentro y que se sentían ansiosos de romper la cáscara y salir. Así que se sentó completamente inmóvil y habló menos que de costumbre.

Cuando el primer ansarino asomó su cabeza gris verdosa entre las plumas de la oca y observó en torno, Carlota se fijó en él e hizo el anuncio.

—Estoy segura —dijo— de que cada uno de los que aquí estamos se alegra al saber que tras cuatro semanas de esfuerzos y una paciencia inagotables por parte de nuestra amiga, la oca tenga algo que mostrarnos. Han llegado los ansarinos. ¡Mi más sincera felicitación!

—¡Gracias, gracias, gracias! —dijo la oca inclinando ostentosamente la cabeza.

—Gracias —dijo el ganso.

—¡Enhorabuena! —gritó Wilbur—. ¿Cuántos ansarinos hay ahí? Yo sólo puedo ver uno.

—Hay siete —replicó la oca.

—¡Magnífico! —dijo Carlota—. Siete es el número de la suerte.

—La suerte nada tiene que ver en esto —intervino la oca—. Todo fue cosa de buenos cuidados y trabajo de firme.

En aquel momento, Templeton asomó su hocico desde su escondrijo bajo la artesa de Wilbur. Observó a Fern y luego se deslizó cautelosamente hacia la oca, bien pegada a la pared. Todo el mundo la observaba porque a nadie le gustaba, ni nadie confiaba en ella.

—Mira —empezó a decir con su voz aguda— tú dices que tienes siete ansarinos. Había ocho huevos. ¿Qué pasó con el otro huevo? ¿Por qué no ha salido un ansarino?

—Está vano, supongo —respondió la oca.

—¿Y qué vas a hacer con él? —prosiguió Templeton, clavando en la oca sus ojillos redondos y brillantes.

—Puedes quedarte con él —respondió la oca—. Llévatelo rodando y súmalo a tu colección de cosas desagradables (Templeton tenía la costumbre de recoger los objetos más raros que encontraba en la granja y guardarlos en su casa. Se quedaba con todo).

—Ciertamente-tamente-tamente —dijo el ganso—. Puedes quedarte con el huevo. Pero te diré una cosa, Templeton, si veo que husmeas con tu feo-feo-feo hocico en torno de nuestros ansarinos, te daré la paliza más grande que jamás recibió rata alguna.

Y el ganso abrió sus fuertes alas y batió el aire para mostrar su fuerza. Era vigoroso y valiente, pero la verdad es que tanto la oca como el ganso estaban preocupados por culpa de Templeton. Y con buen motivo. La rata no tenía moral, ni conciencia, ni escrúpulos, ni consideración, ni decencia. Ignoraba lo que eran la

41

amabilidad, el remordimiento, la amistad y los buenos sentimientos. La oca sabía muy bien que mataría un ansarino si podía. Todos lo sabían.

Con su ancho pico, la oca echó fuera de su nido el huevo vano y todos los presentes vieron con disgusto cómo la rata lo echaba a rodar llevándoselo de allí. Incluso Wilbur, que era capaz de comerse casi cualquier cosa, se sentía espantado.

—¡Mira que querer un huevo podrido! —murmuró.

Una rata es una rata —dijo Carlota. Lanzó una estridente risita—. Pero, amigos míos, si rompe ese huevo, no habrá quien pueda vivir en este granero.

—¿Qué quieres decir? —preguntó Wilbur.

—Pues que nadie podrá soportar el olor. Un huevo podrido es una verdadera bomba fétida.

—No lo romperé —gruñó Templeton—. Sé lo que hago. Manejo constantemente cosas como ésta.

Desapareció en su túnel, empujando ante sí el huevo de la oca hasta que consiguió introducirlo en su madriguera bajo la artesa.

Aquella tarde, cuando se calmó el viento y el granero quedó tranquilo y silencioso, la oca gris sacó a sus siete ansarinos del nido y se los llevó al mundo. El señor Zuckerman los vio cuando vino con la cena de Wilbur.

—¡Caramba! —dijo, al tiempo que mostraba una ancha sonrisa—. Vamos a ver… uno, dos, tres, cuatro, cinco, seis, siete. Siete ansarinos. ¡Espléndido!

## Malas noticias

A Wilbur le gustaba cada día más Carlota. Su campaña contra los insectos parecía inteligente y útil. Difícilmente se hubiera hallado en toda la granja a alguien dispuesto a decir algo en favor de las moscas. Las moscas pasaban el tiempo molestando a los demás. Las vacas las odiaban. Los caballos las detestaban. Las ovejas las aborrecían. El señor y la señora Zuckerman siempre estaban quejándose de las moscas y poniendo rejillas para que no pasaran.

Wilbur admiraba el modo de comportarse de Carlota. Le agradaba especialmente que siempre durmiera a su víctima antes de comérsela.

—Es verdaderamente considerado lo que tú haces, Carlota —le dijo.

—Sí —replicó con su voz dulce y musical—. Siempre les doy un anestésico para que no sientan dolor. Es un pequeño servicio que presto.

Wilbur fue creciendo con el paso del tiempo. Tragaba tres grandes comidas al día. Pasaba largas horas tendido de costado, medio dormido, entregado a agradables sueños. Disfrutaba de buena salud y ganó muchísimo peso. Una tarde, cuando Fern estaba sentada en su banqueta, la oveja de más edad acudió a hacerle una visita.

—¡Hola! —le dijo—. Me parece que estás ganando kilos.

—Sí, supongo que sí —replicó Wilbur—. A mi edad es una buena idea ganar peso.

—Pues yo no te envidio —afirmó la oveja—. Supongo que sabes por qué te engordan.

—No —contestó Wilbur.

—Bueno —explicó la oveja de más edad—, no me agrada difundir malas noticias, pero están engordándote porque van a matarte, por eso es.

—Que van a hacer ¿qué? —chilló Wilbur. Fern se puso rígida en su banqueta.

—Matarte. A convertirte en tocino ahumado y en jamón —prosiguió la oveja—. Casi todos los cerdos jóvenes acaban asesinados por el granjero cuando empiezan los verdaderos fríos. Aquí hay una verdadera conspiración para matarte hacia la Navidad. Todo el mundo está en el asunto: Lurvy, Zuckerman, John Arable incluso.

—¿El señor Arable? —preguntó entre sollozos Wilbur—. ¿El padre de Fern?

—Desde luego. Cuando llega la matanza de un cerdo, todo el mundo ayuda. Yo soy una oveja de mucha edad y año tras año veo la misma cosa, el mismo asunto de siempre. Arable llega con su escopeta del calibre 22, dispara…

—¡Calla! —chilló Wilbur—. ¡Yo no quiero morir! ¡Que me salve alguien! ¡Que me salve!

Fern estaba a punto de saltar cuando se oyó una voz.

—¡Serénate, Wilbur! —dijo Carlota, que había estado escuchando aquella terrible conversación.

—No puedo serenarme —gritó Wilbur, corriendo de un lado para otro—. No quiero que me maten. No quiero morir. ¿Es cierto lo que dice esta oveja, Carlota? ¿Es cierto que me matarán cuando lleguen los fríos?

—Bueno —contestó la araña agarrándose pensativa a su red— esta oveja ha vivido mucho tiempo en el granero. Ha visto llegar y desaparecer muchos cerdos de primavera. Si dice que piensan matarte, estoy segura de que es cierto. Es también la cosa más sucia que haya oído nunca. ¡Hay que ver lo que la gente es capaz de tramar!

Wilbur rompió a llorar.

—Yo no *quiero* morir —gimió—. Yo quiero seguir vivo aquí, en mi cómodo montón de estiércol, con todos mis amigos. Quiero respirar este aire magnífico y tenderme bajo este sol tan bello.

—Vaya escándalo que has organizado —le reprendió la oveja.

—¡Yo no quiero morir! —chilló Wilbur, tirándose al suelo.

—No morirás —declaró Carlota con viveza.

—¿Cómo? ¿De verdad? —gritó Wilbur—. ¿Quién va a salvarme?

—Yo —respondió Carlota.

—¿Y de qué modo?

—Eso ya lo veremos. Pero voy a salvarte y quiero que te serenes inmediatamente. Estás portándote como un niño. ¡Deja de llorar! ¡No puedo soportar a los histéricos!

## Una charla en casa

Una mañana de domingo, el señor y la señora Arable desayunaban con Fern en la cocina. Avery ya había terminado y estaba en el piso de arriba, buscando su tirachinas.

—¿Sabéis que el tío Homer ha tenido ansarinos?

—¿Cuántos? —preguntó el señor Arable.

—Siete —replicó Fern—. Había ocho huevos, pero uno resultó vano y la oca dijo a Templeton que ya no lo quería, así que ella se lo llevó.

—¿Cómo que la oca dijo? —preguntó el señor Arable, observando a su hija con una mirada de extrañeza y preocupación.

—Le dijo a Templeton que ya no quería el huevo —repitió Fern.

—¿Quién es Templeton? —preguntó la señora Arable.

—Es la rata —repuso Fern—. A ninguno de nosotros nos gusta mucho.

—¿Qué «nosotros»? —preguntó el señor Arable.

—Oh, pues todos los del piso de abajo del granero. Wilbur, las ovejas, los corderos, el ganso, la oca, los ansarinos, Carlota y yo.

—¿Carlota? —preguntó la señora Arable—. ¿Quién es Carlota?

—Es la mejor amiga de Wilbur. Y terriblemente lista.

—¿Qué aspecto tiene? —preguntó la señora Arable.

—Bien... —respondió Fern—. Tiene ocho patas, como todas las arañas, supongo.

—¿Carlota es una araña? —preguntó la madre de Fern.

Fern asintió.

—Gris y grande. Tiene su tela en lo alto de la entrada donde está la pocilga de Wilbur. Atrapa moscas y les chupa la sangre. Wilbur la adora.

—¿Sí? —añadió un tanto vagamente la señora Arable. Miraba a Fern con expresión preocupada.

—Oh, sí. Wilbur adora a Carlota —declaró Fern—. ¿Sabéis lo que dijo Carlota cuando salieron los ansarinos?

—No tengo ni la más ligera idea —dijo el señor Arable—. Cuéntanoslo.

—Pues bien, cuando el primer ansarino asomó su cabecita de debajo de la oca, yo estaba sentada en mi banqueta en un rincón y Carlota estaba en su telaraña. Pronunció un pequeño discurso. Dijo: «Estoy segura de que cada uno de los que aquí estamos en el piso inferior del granero se alegra al saber que tras cuatro semanas de un esfuerzo y una paciencia inagotables por su parte, la oca tenga algo que mostrarnos.» ¿No os parece que fue muy amable por su parte decir eso?

—Sí, claro —respondió la señora Arable—. Y ahora, Fern, ya es hora de que te prepares para ir a la escuela dominical. Y avisa a Avery para que se prepare también. Esta tarde podrás contarme más cosas acerca de lo que sucede en el granero del tío Homer. ¿No crees que pasas allí mucho tiempo? Vas casi todas las tardes. ¿Verdad?

—Me gusta estar allí —contestó Fern. Se limpió la boca y corrió escalera arriba. En cuanto hubo salido de la habitación, la señora Arable habló con voz queda a su marido.

—Me preocupa Fern —dijo—. ¿Te has fijado cómo divagaba acerca de los animales, pretendiendo que hablaban?

El señor Arable lanzó una risita.

—Tal vez hablen —dijo—. A veces me lo he preguntado. En cualquier caso, no te preocupes por Fern. Sencillamente, tiene una imaginación muy viva. Los niños creen que oyen todo género de cosas.

—Pues, a pesar de todo, me *preocupa* —replicó la señora Arable—. Creo que le preguntaré al doctor Dorian acerca de ella la próxima vez que le vea. Quiere a Fern casi tanto como nosotros y yo deseo que sepa de su extraña manera de actuar con el cerdo y con todo. Me parece que no es normal. Sabes perfectamente que los animales no hablan.

El señor Arable se sonrió.

—Tal vez nuestro oído no sea tan fino como el de Fern —dijo.

## La bravata de Wilbur

Una telaraña es más fuerte de lo que parece. Aunque formada por hilos finos y delicados, la red no se rompe fácilmente. Pero una tela de araña se rompe día tras día cuando los insectos atrapados tratan de escapar. La araña tiene que repararla cuando se llena de agujeros. A Carlota le gustaba entretejerla a última hora de la tarde y a Fern le gustaba sentarse cerca y observar. Una tarde oyó una conversación interesantísima y fue testigo de un extraño acontecimiento.

—Tienes unas patas terriblemente peludas, Carlota —dijo Wilbur mientras la araña se afanaba en su tarea.

—Mis patas son peludas por una buena razón —replicó Carlota—. Además, cada una de mis patas tiene siete pares: la coxa, el trocánter, el fémur, la patela, la tibia, el metatarso y el tarso.

Wilbur se cayó sentado de la sorpresa.

—Estás bromeando —dijo.

—No, en absoluto.

—Di esos nombres de nuevo. No los cogí la primera vez.

—Coxa, trocánter, fémur, patela, tibia, metatarso y tarso.

—¡Caramba! —comentó Wilbur al tiempo que observaba sus patas rechonchas—. No creo que *mis* patas tengan siete partes.

—Bueno —declaró Carlota— tú y yo llevamos vidas diferentes. Tú no tienes que tejer una tela de araña. Eso exige mucho trabajo a las patas.

—Yo podría tejer una telaraña si quisiera —se jactó Wilbur—. Lo que pasa es que nunca lo he intentado.

—Vamos a ver cómo lo haces —dijo Carlota. Fern soltó una risita y sus ojos se agrandaron por el cariño que sentía hacia el cerdo.

—De acuerdo —repuso Wilbur—. Tú guíame y yo tejeré una tela de araña. ¿Cómo empiezo?

—¡Respira hondo! —dijo Carlota sonriente. Wilbur respiró hondo—. Ahora sube lo más alto que puedas. Así.

Y Carlota trepó a toda prisa hasta lo alto de la entrada. Wilbur se afanó por llegar a la cumbre del montón de estiércol.

—¡Muy bien! —dijo Carlota—. ¡Ahora haz un enganche con tus hileras, lánzate al espacio y suelta hilo a medida que caes!

Wilbur titubeó un momento, y luego se lanzó al vacío. A toda prisa volvió la cabeza para ver si le seguía una cuerda que frenara su caída, pero nada parecía suceder en su parte posterior y lo que a continuación supo fue que aterrizó de un porrazo.

—¡Pum! —gruñó.

Carlota lanzó tal carcajada que empezó a temblar toda la tela de araña.

—¿Qué es lo que hice mal? —preguntó el cerdo cuando se recobró del golpe.

—Nada —respondió Carlota—. Fue una buena prueba.

—Me parece que lo intentaré otra vez —dijo Wilbur animosamente—. Me parece que lo que necesito es una cuerda que me sujete.

El cerdo salió a su corral.

—¿Estás ahí, Templeton? —la llamó. La rata asomó su cabeza por debajo de la artesa.

—¿Puedes prestarme una cuerda? —preguntó Wilbur—. La necesito para tejer una telaraña.

—Sí, desde luego —replicó Templeton, que guardaba cuer-

das—. No hay ningún problema. Te la daré sin compromiso.

Se metió en su agujero, echó a un lado el huevo de oca y volvió con un pedazo de cuerda vieja y sucia. Wilbur la examinó.

—Esto es lo que necesito —declaró—. Ata un extremo a mi rabo. ¿Quieres, Templeton?

Wilbur se agachó, presentando a la rata su rabito rizado. Templeton cogió la cuerda, la pasó por el extremo del rabo del cerdo e hizo dos nudos. Carlota lo observaba encantada. Como Fern, quería mucho a Wilbur, cuya olorosa pocilga y cuya comida rancia atraían a las moscas que ella necesitaba. Le enorgullecía saber que no desistía con facilidad y que trataba otra vez de tejer una telaraña.

Mientras la rata, la araña y la niña lo miraban, Wilbur volvió a subir a lo alto del montón de estiércol, rebosante de energía y de esperanza.

—¡Mirad todos! —gritó. Y haciendo acopio de todas sus fuerzas, se lanzó de cabeza. La cuerda fue tras él. Pero se había olvidado de sujetar en algo el otro extremo. Wilbur aterrizó de golpe. Se aplastó, dolorido, contra el suelo. Las lágrimas asomaron a sus ojos. Templeton se sonrió. Carlota se sentó en silencio. Al cabo de un instante habló:

—Tú no puedes tejer una tela de araña, Wilbur y te aconsejo

que te olvides de la idea. Te faltan dos cosas para poder tejer una tela de araña.

—¿Cuáles son? —preguntó Wilbur entristecido.

—Careces de una serie de hileras y te falta la técnica. Pero alégrate, tú no necesitas nunca tela de araña. Zuckerman te proporciona cada día tres grandes comidas. ¿Por qué tendrías que preocuparte de atrapar alimentos?

Wilbur suspiró.

—Eres mucho más hábil y más lista que yo, Carlota. Me imagino que lo que yo hacía era una pura bravata. Me está bien empleado.

Templeton desató la cuerda y se la llevó a su casa. Carlota volvió a tejer.

—No tienes por qué ponerte así, Wilbur —le dijo—. No son muchos los seres que pueden tejer redes. Incluso los hombres no son tan buenos como las arañas, aunque ellos *piensan* que son muy buenos e intentarán cualquier cosa. ¿Oíste hablar del puente de Queensborough?

Wilbur movió la cabeza.

—¿Es una tela de araña?

—Algo parecido —replicó Carlota—. Pero, ¿sabes cuánto les costó a los hombres construirlo? Ocho años enteros. Caramba, yo me habría muerto de hambre si hubiese tardado tanto tiempo.

—¿Y qué es lo que los hombres atrapan en el puente de Queensborough? ¿Bichos? —preguntó Wilbur.

—No —respondió Carlota—. No cogen nada. Simplemente trotan entre uno y otro extremo, pensando que en el otro lado hay algo mejor. Si se colgaran cabeza abajo en lo alto de aquella cosa y aguardaran en silencio, quizás les llegaría algo bueno. Pero no… con los hombres es siempre prisa, prisa, prisa, a cada minuto que pasa. Me alegra ser una araña sedentaria.

—¿Qué significa eso de *sedentaria*? —preguntó Wilbur.

—Significa que paso sentada buena parte del tiempo y no me lanzo a vagar por el mundo. Sé distinguir una buena cosa cuando la veo y mi tela de araña es una buena cosa. Aquí permanezco dispuesta para lo que llegue. Me proporciona la posibilidad de pensar.

—Pues supongo que yo también soy sedentario —dijo el cerdo—. Tengo que permanecer aquí, tanto si me gusta como si no me gusta. ¿Sabes dónde me gustaría estar de verdad esta tarde?

—¿Dónde?

—En un bosque, buscando hayucos y trufas y raíces sabrosas, apartando las hojas con mi espléndido y fuerte hocico, husmeando y hozando en la tierra, oliendo, oliendo, oliendo...

—Tú hueles a lo que eres —observó un cordero que acababa de entrar—. Eres la criatura más olorosa de este lugar.

Wilbur agachó la cabeza. Las lágrimas humedecieron sus ojos. Carlota advirtió su turbación y se dirigió ásperamente al cordero.

—¡Deja en paz a Wilbur! —dijo—. Tiene perfecto derecho a oler así, considerando lo que le rodea. Y tú tampoco eres precisamente un manojo de guisantes de olor. Además, has interrumpido una conversación muy agradable. ¿De qué hablabas, Wilbur, cuando fuimos tan groseramente interrumpidos?

—Oh, ya no me acuerdo —dijo Wilbur—. No importa. Vamos a dejar de hablar por un rato, Carlota. Está entrándome sueño. Sigue adelante y acaba de arreglar tu tela de araña y yo me tenderé aquí y te observaré. Es una tarde maravillosa.

Wilbur se tendió de costado.

El crepúsculo cayó sobre el granero de Zuckerman, acompañado de una sensación de paz. Fern sabía que ya era casi la hora de cenar pero no podía aceptar la idea de marcharse. Las golondrinas entraron y salieron, volando en silencio, para llevar comida a sus pequeños. Al otro lado de la carretera un pájaro cantó:

—¡Uippuuuí, Uippuuuí!

Lurvy se sentó bajo un manzano y encendió su pipa; los animales percibieron el olor familiar del tabaco fuerte. Wilbur oyó el gorjeo del sapo en el bosque y el ruido ocasional de la puerta de la cocina. Todos aquellos sonidos hacían que se sintiera a gusto y feliz porque amaba la vida y le agradaba ser parte del mundo en una tarde de verano. Pero, mientras estaba allí tendido, se acordó de lo que le había dicho aquella oveja. El pensamiento de la muerte llegó hasta él y comenzó a temblar de miedo.

—Carlota —dijo en voz baja.

—¿Qué quieres, Wilbur?

—No deseo morir.

—Pues claro —replicó Carlota con acento animoso.

—Sencillamente, me gusta estar aquí, en el granero —añadió Wilbur—. Me gusta todo lo de este lugar.

—Es natural —repuso Carlota—. A todos nos pasa lo mismo.

Apareció la oca, seguida por sus siete ansarinos. Echaban hacia adelante sus cuellecitos y lanzaban continuamente un silbido musical, como un pequeño grupo de gaiteros. Wilbur escuchó aquel sonido con el corazón rebosante de cariño.

—Carlota —dijo.

—¿Qué? —replicó la araña.

—¿Hablabas en serio cuando me prometiste que les impedirías que me mataran?

—Jamás hablé más en serio en toda mi vida. No dejaré que mueras, Wilbur.

—¿Y cómo vas a salvarme? —preguntó Wilbur, cuya curiosidad acerca de esa cuestión era muy fuerte.

—Bueno —respondió Carlota de un modo vago—. En realidad no lo sé. Pero estoy trabajando en un plan.

—Eso es maravilloso —dijo Wilbur—. ¿Y cómo marcha el plan? ¿Has progresado mucho? ¿Se desarrolla bien?

Wilbur temblaba de nuevo pero Carlota se mostraba fría y reservada.

—Oh, va bien —respondió a la ligera—. El plan se encuentra todavía en sus primeras fases; aún no le he dado forma, pero trabajo en el asunto.

—¿Y cuándo trabajas? —preguntó Wilbur con acento suplicante.

—Cuando cuelgo cabeza abajo de lo alto de mi telaraña. Entonces es cuando pienso, porque toda la sangre se me va a la cabeza.

—Me gustaría ayudarte en todo lo que pudiera.

—Bah, lo haré yo sola —replicó Carlota—. Puedo pensar mejor cuando pienso sola.

—De acuerdo —añadió Wilbur—. Pero no dejes de hacerme saber si hay algo en lo que yo pueda ayudar, por insignificante que parezca.

—Bueno —contestó Carlota—. Tienes que tener más confianza en ti mismo. Quiero que duermas mucho y dejes de preocuparte. ¡Nada de prisas ni de preocupaciones! Mastica cuidadosamente la comida y tómatela toda a excepción de lo que hayas de dejar para Templeton. Aumenta en peso y consérvate sano. Este es el modo que tú tienes de ayudar. Has de mantenerte en forma y no dejarte llevar por los nervios. ¿Crees que lo entiendes?

—Sí, lo entiendo —replicó Wilbur.

—Vete entonces a dormir —dijo Carlota—. El sueño es importante.

—Wilbur trotó hasta el rincón más oscuro de su pocilga y allí se dejó caer. Cerró los ojos, pero al instante volvió a hablar.

—Carlota.

—¿Qué, Wilbur?

—¿Puedo salir hasta mi artesa y ver si queda algo de mi cena? Me parece que dejé algo de patatas cocidas.

—Muy bien —respondió Carlota—. Pero quiero que te eches a dormir sin más demora.

Wilbur echó a correr hacia el corral.

—¡Lentamente, lentamente! —le recordó Carlota—. ¡Nada de prisas ni de preocupaciones!

Wilbur refrenó su carrera y se deslizó despacio hasta la artesa. Encontró restos de patatas, los masticó cuidadosamente, se los tragó y volvió a su rincón. Cerró los ojos y permaneció callado durante un rato.

—Carlota —dijo susurrando.

—¿Qué?

—¿Puedo beber un poco de leche? Me parece que en la artesa quedan algunas gotas.

—No, la artesa está seca y quiero que te duermas. ¡Ya está bien de hablar! ¡Cierra los ojos y duérmete!

Wilbur cerró los ojos. Fern se levantó de su banqueta y se puso en camino hacia su casa. Su mente rebosaba de todo lo que había visto y oído.

—¡Buenas noches, Carlota! —dijo Wilbur.

—¡Buenas noches, Wilbur!

Una pausa.

—¡Buenas noches, Carlota!

—¡Buenas noches, Wilbur!

—¡Buenas noches!

—¡Buenas noches!

## Una explosión

Día tras día, la araña aguardó cabeza abajo a que le llegara una idea. Pasaba inmóvil hora tras hora, sumida en sus pensamientos. Tras haber prometido a Wilbur que salvaría su vida, estaba resuelta a cumplir su promesa.

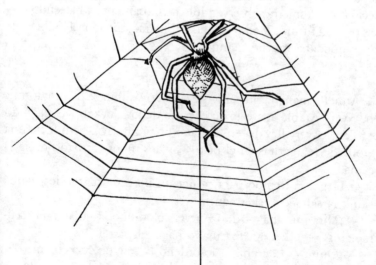

Carlota era por naturaleza paciente. Sabía por experiencia que si aguardaba el tiempo suficiente, una mosca llegaría hasta su tela de araña; y tenía la seguridad de que si pensaba bastante acerca del problema de Wilbur, llegaría a su mente una idea.

Por fin, una mañana de mediados de julio llegó la idea. «¡Claro, es perfectamente simple!» se dijo a sí misma. «El modo de salvar la vida de Wilbur consiste en jugársela a Zuckerman. Si soy capaz de engañar a un bicho», pensó Carlota, «entonces tengo que ser capaz de engañar a un hombre. Las personas no son tan listas como los bichos.»

Precisamente en aquel momento salió Wilbur al corral.

—¿En qué estás pensando, Carlota? —preguntó.

—Pensaba —dijo la araña— que las personas son muy crédulas.

—¿Qué significa «crédulas»?

—Fáciles de engañar —repuso Carlota.

—¡Qué suerte! —respondio Wilbur. Y se tendió a la sombra de su cerca y se quedó dormido. La araña, por el contrario, permaneció muy despierta, observándolo cariñosamente y haciendo planes para su futuro. Medio verano había transcurrido ya. Sabía que no le quedaba mucho tiempo.


Aquella mañana, justamente cuando Wilbur se quedó dormido, Avery Arable apareció en el patio de los Zuckerman, seguido por Fern. Avery llevaba en la mano una rana viva. Fern lucía una corona de margaritas en el pelo. Los dos niños corrieron hacia la cocina.

—Llegáis a tiempo para comer un poco de pastel de gayuba —dijo la señora Zuckerman.

—¡Mira mi rana! —dijo Avery, colocando la rana en el escurreplatos y tendiendo una mano hacia el pastel.

—¡Quita eso de ahí! —le ordenó la señora Zuckerman.

—Está caliente —dijo Fern—. Esa rana está ya casi muerta.

—No lo está —replicó Avery—. Voy a rascarla entre los ojos.

La rana dio un salto y fue a caer en el barreño lleno de agua jabonosa.

—Estás manchándote con el pastel —dijo Fern—. Tía Edith, ¿puedo ir a buscar huevos al gallinero?

—¡Fuera los dos! ¡Y no molestéis a las gallinas!

—Se lo está echando todo encima —gritó Fern—. Está manchándose.

—¡Vamos, rana! —gritó Avery. Rescató la rana que se sacudió, salpicando el pastel con agua jabonosa.

—¡Otra crisis! —gimió Fern.

—¡Vamos al columpio! —dijo Avery.

Los chicos corrieron hacia el granero.

El señor Zuckerman tenía el mejor columpio de todo el condado. Consistía en una sola soga atada a la viga de la entrada septentrional del granero. En el extremo de la soga había un nudo grueso para sentarse. Su ventaja mayor era que no necesitaba de nadie que empujara. Uno se subía por una escalera hasta el sobrado. Luego, sujetando la soga, se asomaba al borde, miraba hacia abajo y empezaba a sentir miedo y vértigo. Entonces te montabas a horcajadas sobre el nudo, hacías acopio de valor, respirabas hondo y saltabas. Durante un segundo tenías la impresión de que ibas a estrellarte contra el suelo del granero, pero de repente la soga te sujetaba y pasabas columpiándote por la entrada, a más de un kilómetro por minuto. El viento silbaba sobre tus ojos, tus orejas y tu pelo. Luego te remontabas por el aire, veías las nubes, la soga se retorcía y giraba y tú te retorcías y girabas con la soga. Después caías, y caías del cielo, y volvías al granero, casi al mismo sobrado desde el que te tiraste. Volvías a subir (pero esta vez no tan arriba), y otra vez más; subías así varias veces hasta que saltabas al suelo y dejabas que se columpiara otro.

El columpio de Zuckerman era la obsesión de muchas madres en kilómetros a la redonda. Temían que algún niño se cayera. Pero jamás se cayó nadie. Por lo general, los niños saben agarrarse mejor de lo que sus padres creen.

Avery se metió la rana en el bolsillo y se subió al sobrado.

—La última vez que me columpié —gritó— casi choqué con una golondrina del granero.

—¡Suelta esa rana! —le ordenó Fern.

Avery se montó en el nudo de la soga y saltó. Salió por la puerta con rana y todo y se alzó hacia el espacio, con rana y todo. Luego retornó al granero.

—¡Tienes la lengua morada! —gritó Fern.

—¡Como la tuya! —le respondió con la misma fuerza Avery que se lanzaba de nuevo con la rana hacia las alturas.

—¡Se me ha metido heno dentro del vestido! ¡Me pica! —dijo Fern.

—¡Pues ráscate! —le gritó Avery cuando volvió a lanzarse hacia afuera.

—Ahora me toca a mí —dijo Fern—. ¡Salta!

—¡Fern tiene picores! —canturreó Avery.

Cuando saltó, envió la soga a su hermana. Ella cerró con fuerza los ojos y se lanzó al vacío. Sintió el vértigo de la caída al precipitarse la cuerda hacia afuera. Cuando abrió los ojos contempló allá arriba el cielo azul, a punto de que la soga le trajera de nuevo hacia adentro.

Y así pasaron una hora, turnándose en el columpio.

Cuando los niños se cansaron de columpiarse, se dirigieron hacia la dehesa, cogieron frambuesas silvestres y se las comieron. Sus lenguas pasaron del morado a un rojo vivo. Fern mordió una frambuesa que tenía dentro un bicho que sabía mal y se sintió decepcionada. Avery encontró una caja vacía de dulces y metió dentro la rana. La rana parecía cansada después de haber pasado buena parte de la mañana en el columpio. Los niños subieron lentamente hacia el granero. También ellos estaban cansados y apenas les quedaban energías para caminar.

—Vamos a construir una choza en lo alto de un árbol —sugirió Avery—. Quiero vivir en un árbol con mi rana.

—Yo voy a ver a Wilbur —declaró Fern.

Saltaron la cerca para pasar al sendero y, perezosamente, se encaminaron hasta la pocilga. Wilbur les oyó llegar y se puso en pie.

Avery se fijó en la tela de araña y, acercándose, vio a Carlota.

—¡Ven, mira que araña tan grande! —dijo—. Es tremenda.

—¡Déjala en paz! —le ordenó Fern—. Ya tienes una rana. ¿No te parece bastante?

—Es una araña magnífica y voy a cogerla —replicó Avery. Le-

vantó la tapa de la caja de dulces y luego se apoderó de un palo—.
Verás cómo consigo meter la araña en la caja.

El corazón de Wilbur casi se paró cuando se dio cuenta de lo
que iba a suceder. Este podría ser el final de Carlota si el chico
conseguía atraparla.

—¡Quieto, Avery! —gritó Fern.

Avery puso un pie sobre la cerca de la pocilga. Estaba a punto
de alzar su palo para golpear a Carlota cuando perdió el equili-
brio. Se bamboleó, dio algunos pasos y acabó por estrellarse contra el borde de la artesa de Wilbur. La artesa se desniveló y, después, cayó al suelo de golpe. El huevo de la oca estaba justamente
debajo. Cuando el huevo se rompió se produjo una sorda explo-
sión y casi inmediatamente se percibió un horrible olor.

Fern lanzó un chillido. Avery se puso en pie de un salto. El aire se llenó de los terribles gases y olores del huevo podrido. Templeton, que se hallaba descansando en su escondrijo, escapó a toda prisa hacia el granero.

—¡Qué asco! —gritó Avery—. ¡Vámonos de aquí!

Fern estaba llorando. Tapándose las narices, corrió hacia la casa. Avery fue tras ella, respirando también sólo por la boca. Carlota se sintió muy aliviada al verle alejarse. Había escapado por poco.

Aquella misma mañana los animales regresaron más tarde: las ovejas, los corderos, el ganso, la oca y los siete ansarinos. Se multiplicaron las quejas por el terrible hedor y Wilbur hubo de contar repetidas veces la misma historia, explicarles cómo el chico de los Arable había tratado de capturar a Carlota y cómo el olor del huevo podrido le hizo huir muy oportunamente.

—Fue el huevo podrido el que salvó la vida de Carlota —afirmó Wilbur.

La oca se sintió orgullosa de la parte que le correspondía en la aventura.

—Me encanta que ese huevo resultara vano —cotorreaba.

Desde luego, Templeton se sentía afligida por la pérdida de su amado huevo. Pero no supo resistirse la tentación de presumir:

—Siempre merece la pena guardar cosas —dijo con su vocecilla agria—. Una rata nunca sabe cuándo algo le resultará útil. Y jamás tira nada.

—Bueno —declaró uno de los corderos— este asunto ha acabado muy bien para Carlota. Pero, ¿y el resto de nosotros? El olor resulta insoportable. ¿Cómo es posible vivir en un granero perfumado por un huevo podrido?

—No te preocupes, ya te acostumbrarás —dijo Templeton. Se levantó y, tras atusarse los bigotes, fue a hacer una visita al vertedero.

Cuando a la hora de comer se presentó Lurvy con el cubo del almuerzo de Wilbur, se detuvo a unos pasos de la pocilga. Husmeó el aire e hizo una mueca.

—¿Qué diablos? —dijo. Dejó el cubo en el suelo, recogió el palo que había dejado caer Avery y enderezó la artesa.

—¡Ratas! —murmuró—. ¡Caramba! Tendría que haber sabido que una rata haría su cubil bajo la artesa. ¡Cómo odio las ratas!

Y Lurvy arrastró la artesa de Wilbur por todo el corral y echó tierra en el escondrijo de la rata, sepultando el huevo podrido y todas las demás pertenencias de Templeton. Luego tomó el cubo. Wilbur permanecía junto a la artesa, relamiéndose de hambre. Lurvy vertió la comida. Los desperdicios descendieron viscosamente sobre los ojos y las orejas del cerdo. Wilbur resopló. Tragaba y sorbía y sorbía y tragaba, haciendo toda clase de ruidos, con el ansia de comérselo todo al mismo tiempo. Era una comida deliciosa: nata, salvado, restos de tortas, medio bollo, pepitas de calabaza, dos tostadas rancias, un pedazo de dulce de jengibre, una cola de pescado, una cáscara de naranja, varios tallarines, los posos de una taza de cacao, un trozo de gelatina, una tira de papel del forro del cubo de la basura y una cucharada de jalea de frambuesa.

Wilbur comió vorazmente. Pensó en dejar a Templeton medio tallarín y unas gotas de leche. Luego se acordó del papel que había desempeñado la rata en el incidente que salvó la vida de Carlota, y de que Carlota estaba tratando de salvar *su* vida. Así que le dejó un tallarín entero en vez de una mitad tan sólo.

Como el huevo podrido estaba enterrado, la atmósfera se despejó y el granero volvió a oler bien. Pasó la tarde y llegó la noche. Las sombras se alargaron. El aliento suave y fresco del crepúsculo penetró por puertas y ventanas. A horcajadas sobre su red, Carlota se preparó con talante taciturno a comerse un tábano mientras pensaba en el futuro. Al cabo de un rato se puso en movimiento.

Descendió hasta el centro de su telaraña y allí empezó a cortar algunos de los hilos. Trabajaba lentamente pero con firmeza mientras que los demás animales permanecían amodorrados. Ninguno de ellos, ni siquiera la oca, se dio cuenta en qué estaba trabajando. Hundido en su yacija, Wilbur dormitaba. Y allá, en su rincón favorito, los ansarinos silbaban una canción de cuna.

Carlota arrancó toda una parte de su red, dejando en el centro un espacio abierto. Luego empezó a tejer algo que ocuparía el lugar de los hilos que había quitado. La araña aún seguía trabajando cuando, alrededor de la medianoche, regresó Templeton del vertedero.

## El milagro

El día siguiente amaneció brumoso. Todo en la granja goteaba humedad. La hierba parecía una mágica alfombra. La esparraguera se asemejaba a un bosque plateado.

En las mañanas de niebla la tela de araña de Carlota era verdaderamente bella. Esta mañana cada hilo se hallaba adornado con docenas de gotitas de agua. La telaraña resplandecía a la luz y formaba una trama maravillosa y fantástica, como un finísimo velo. Hasta el mismo Lurvy, que no estaba especialmente interesado por la belleza, se fijó en la telaraña cuando trajo el desayuno del cerdo. Advirtió cómo relucía y se dio cuenta de lo grande que era y de lo bien tejida que estaba. Y luego volvió a mirarla y vio algo que le obligó a dejar el cubo en el suelo. Allí, en el centro, había un mensaje tejido en letras mayúsculas de imprenta. Decía:

### ¡VAYA CERDO!

Lurvy perdió su aplomo. No podía ser. Se pasó una mano por los ojos y continuó mirando fijamente la telaraña de Carlota.

—Estoy viendo visiones —murmuró. Se hincó de rodillas y murmuró una breve oración. Luego, olvidándose del desayuno de Wilbur, volvió a la casa y llamó al señor Zuckerman.

—Creo que será mejor que venga a la pocilga —le dijo.

—¿Qué es lo que pasa? —preguntó el señor Zuckerman—. ¿Le sucede algo al cerdo?

—N-no exactamente —replicó Lurvy—. Venga y véalo usted mismo.

Los dos hombres caminaron en silencio hasta el corral de Wilbur. Lurvy señaló hacia la telaraña.

—¿Ve usted lo que yo veo? —le preguntó.

Zuckerman clavó sus ojos en la telaraña. Luego murmuró las palabras «Vaya cerdo». Después miró a Lurvy. A continuación, ambos empezaron a temblar. Carlota, adormilada tras sus ejercicios nocturnos, se sonrió al verles. Salió Wilbur y se paró debajo de la telaraña.

—¡Vaya cerdo! —murmuró Lurvy.

—¡Vaya cerdo! —susurró el señor Zuckerman.

Contemplaron durante un larguísimo rato a Wilbur. Y después clavaron sus ojos en Carlota.

—¿No creerás que esa araña...? —empezó a decir el señor Zuckerman, pero luego meneó la cabeza y no acabó la frase. Se limitó a caminar solemnemente de regreso a su casa y decir a su mujer:

—Edith, ha sucedido algo.

Tras pronunciar débilmente estas palabras se dirigió al cuarto de estar y se sentó. La señora Zuckerman fue tras él.

—Siéntate, Edith —dijo—. Tengo que decirte algo.

La señora Zuckerman se dejó caer en una silla. Estaba pálida y parecía asustada.

—Edith —añadió, tratando de que no le temblara la voz—. Me parece mejor que te diga que tenemos un cerdo muy extraño.

En la cara de la señora Zuckerman se dibujó una expresión de absoluta sorpresa.

—Homer Zuckerman, ¿de qué me estás hablando?

—Es algo muy serio, Edith —replicó—. Nuestro cerdo es un animal completamente fuera de lo normal.

—¿Qué hay de anormal en el cerdo? —preguntó la señora Zuckerman, que estaba empezando a recobrarse del susto.

—Bueno, en realidad todavía no lo sé —dijo el señor Zuckerman—. Pero hemos recibido un signo, Edith, un misterioso signo. En esta granja ha sucedido un milagro. Hay una gran telaraña en la entrada del primer piso del granero, justo sobre la pocilga. Cuando esta mañana fue Lurvy a echar comida al cerdo, advirtió que había niebla, y ya sabes que una telaraña tiene una apariencia distinta con niebla. Pues bien, en su centro se leía: «Vaya cerdo.» Palabras entretejidas en la telaraña. Formaban realmente parte de la red, Edith, lo sé porque fui hasta allá y las vi. Dicen «Vaya cerdo» de la manera más clara posible. Resultan inconfundibles. Ha sucedido un milagro y éste es un signo surgido en la Tierra, aquí mismo en nuestra granja. Ese no es un cerdo cualquiera.

—Bueno —dijo la señora Zuckerman— me parece que estás un poco trastornado. Lo que yo creo es que ésa no es una *araña* cualquiera.

—¡Oh, no! —repuso Zuckerman—. El extraordinario es el cerdo. Eso es lo que está escrito.

—Tal vez —admitió la señora Zuckerman— pero es igual. Tengo que echar un vistazo a esa araña.

—Es una araña gris corriente —explicó Zuckerman.

Se levantaron y juntos fueron hasta la pocilga de Wilbur.

—¿Ves, Edith? Se trata de una araña gris corriente.

A Wilbur le complacía ser objeto de tanta atención. Lurvy aún seguía allí de pie y junto con el señor y la señora Zuckerman, se quedó cosa de una hora leyendo una y otra vez las palabras de la telaraña y observando a Wilbur.

Carlota se hallaba encantada con el resultado que estaba teniendo su truco. Se sentó y permaneció sin mover un músculo, escuchando la conversación de las personas. Cuando una mosca pequeña chocó con la tela, justo más allá de la palabra «cerdo», Carlota descendió a toda prisa, envolvió a la mosca y la retiró del lugar.

Al cabo de un rato se levantó la niebla. La telaraña se secó y las palabras no resaltaban tanto. Los Zuckerman y Lurvy regresaron a la casa. Un instante antes de abandonar la pocilga, el señor Zuckerman echó una última mirada a Wilbur.

—Siempre pensé —dijo con voz solemne, que nuestro cerdo era de los mejores. Es un cerdo sólido. Un cerdo tan sólido como el que más. ¿Te has fijado, Lurvy, en lo sólido que es por las paletillas?

—Claro, naturalmente —dijo Lurvy—. Siempre admiré este cerdo. Es todo un cerdo.

—Largo y plácido —añadio Zuckerman.

—Sí —admitió Lurvy—. Tan plácido como el que más. «Vaya cerdo.»

Cuando el señor Zuckerman volvió a su casa, se quitó la ropa de faena y se puso su mejor traje. Luego se subió a su coche y se dirigió a la casa del pastor de la parroquia. Estuvo allí una hora y le explicó al clérigo que había sucedido un milagro en la granja.

—Hasta ahora —precisó Zuckerman— sólo cuatro personas en el mundo conocen este milagro: mi esposa Edith, Lurvy el jornalero, usted y yo.

—No se lo diga a nadie más —le advirtió el pastor—. Aún no sabemos lo que significa, pero si pienso en la cuestión, quizás pueda explicarla en el sermón del domingo. No hay duda de que tiene un cerdo extraordinario. Hablaré de eso en el sermón, y destacaré el hecho de que en esta comunidad existe un animal maravilloso. A propósito, ¿tiene nombre ese cerdo?

—Sí, claro —respondió el señor Zuckerman—. Mi sobrinita le llama Wilbur. Es una niña un tanto extraña, llena de ideas. Crió el cerdo con biberón y yo se lo compré cuando cumplió un mes.

Estrechó la mano del pastor y se fue.

Los secretos son difíciles de guardar. Mucho antes de que llegara el domingo, la noticia se extendió por el condado. Todo el mundo sabía que en una telaraña de la granja de los Zuckerman había aparecido un signo. Todo el mundo sabía que los Zuckerman poseían un cerdo maravilloso. Las gentes venían desde muchos kilómetros a la redonda para ver a Wilbur y leer las palabras de la telaraña. De la mañana a la noche, el sendero de la granja de los Zuckerman estaba lleno de vehículos, turismos de las marcas Ford, Chevrolet y Buick; furgonetas GMC; Plymouth, Packard y De Soto de transmisión giromática y Oldsmobil de inyección; rancheras Jeep y Pontiac. La noticia del maravilloso cerdo llegó hasta las colinas, y los granjeros bajaron en tartanas y carromatos chirriantes para permanecer horas y horas ante la pocilga de Wilbur con el propósito de admirar el maravilloso animal. Todos afirmaban que jamás habían visto en su vida un cerdo como aquél.

Cuando Fern dijo a su madre que Avery había tratado de dar con un palo a la araña de los Zuckerman, la señora Arable se quedó tan horrorizada que castigó a Avery, enviándole a la cama sin cenar.

En los días que siguieron, el señor Zuckerman estuvo tan ocupado recibiendo a los visitantes que descuidó su trabajo en la granja. Ahora vestía en todo momento sus mejores ropas; se las ponía en cuanto se levantaba por la mañana. La señora Zuckerman preparaba comidas especiales para Wilbur. Lurvy se afeitó y se cortó el pelo; su principal tarea en la granja consistía ahora en dar comida al cerdo cuando había visitantes.

El señor Zuckerman ordenó a Lurvy que aumentara la alimentación de Wilbur: cuatro en vez de tres comidas al día. Los Zuckerman estaban tan atareados con los visitantes que se olvidaron de otras faenas de la granja. Maduraron las moras, y la señora Zuckerman no se acordó de ponerlas en conserva. Había que escardar el maíz, pero Lurvy no tuvo tiempo para la tarea.

El domingo se llenó la iglesia. El pastor explicó el milagro. Afirmó que las palabras en la telaraña demostraban que los seres humanos deben siempre permanecer a la espera de portentos.

73

De un modo y de otro, la pocilga de los Zuckerman era el centro de la atracción. Fern se sentía feliz porque advertía que el truco de Carlota estaba dando resultado y que salvaría la vida de Wilbur. Pero descubrió que el granero ya no era un lugar tan interesante; había demasiada gente. Le gustaba más cuando podía estar a solas con sus amigos, los animales.

## Una reunión

Una tarde, pocos días después de que aparecieran las palabras en la telaraña de Carlota, ésta convocó una reunión de todos los animales del primer piso del granero.

—Empezaré pasando lista, ¿Wilbur?

—¡Presente! —dijo el cerdo.

—¿Ganso?

—¡Presente, presente, presente! —replicó el ganso.

—Pareces tres gansos —murmuró Carlota—. ¿Por qué no te limitas a decir «presente» una vez? ¿Por qué tienes que repetirlo todo?

—Es mi idio-idio-idiosincrasia —respondió el ganso.

—¿Oca? —preguntó Carlota.

—¡Presente, presente, presente! —replicó la oca. Carlota le lanzó una mirada muy expresiva.

—¿Ansarinos, del uno al siete?

—¡Bi-bi-bi!, ¡Bi-bi-bi!, ¡Bi-bi-bi!, ¡Bi-bi-bi!, ¡Bi-bi-bi!, ¡Bi-bi-bi!, ¡Bi-bi-bi! —respondieron los ansarinos.

—Esta va a ser una verdadera reunión —comentó Carlota—. Cualquiera pensaría que hay tres gansos, tres ocas y veintiún ansarinos. ¿Ovejas?

—¡Beeeeee! —respondieron a coro todas las ovejas.

—¿Corderos?

—¡Beeeeee! —respondieron a coro todos los corderos.

—¿Templeton?

No hubo respuesta.

—¿Templeton?

No hubo respuesta.

—Bien, aquí estamos todos menos la rata —dijo Carlota—. Supongo que podemos seguir adelante sin ella. Todos vosotros habréis notado lo que ha estado sucediendo aquí en los últimos días. Se ha advertido el mensaje que escribí en mi telaraña, alabando a Wilbur. Los Zuckerman se lo han tragado, y lo mismo les ha pasado a los demás. Zuckerman cree que Wilbur es un cerdo extraordinario y por eso no querrá matarlo y comérselo. Me atrevo a decir que el truco funcionará y que podremos salvar la vida de Wilbur.

—¡Hurra! —gritaron todos.

—Muchas gracias —replicó Carlota—. He convocado esta reunión para recibir sugerencias. Necesito nuevas ideas para mi tela. La gente está cansándose ya de leer las palabras «¡Vaya cerdo!». Si a alguien se le ocurre otro mensaje u observación, me gustaría tejerlo. ¿Alguna nueva idea al respecto?

—¿Qué tal «Cerdo exquisito»? —preguntó uno de los corderos.

—De ningún modo —replicó Carlota—. Suena a nombre de plato.

—¿Y qué tal «tremendo, tremendo, tremendo»? —preguntó la oca.

—Déjalo en un sólo «tremendo» y quedará muy bien —dijo Carlota—. Me parece que «tremendo» puede impresionar a Zuckerman.

—Pero Carlota —dijo Wilbur—, yo no soy «tremendo».

—Eso no importa —replicó Carlota—. No importa en absoluto. La gente se cree todo lo que ve impreso. ¿Sabe alguno de vosotros cómo se escribe «tremendo»?

—Me parece —dijo el ganso— que es te, doble erre, e doble, doble m, doble e, doble n, doble d y doble o.

—¿Qué clase de acróbata crees que soy? —declaró enfadada Carlota—. Tendría que tener el baile de San Vito para tejer palabra como ésa.

—Lo siento, lo siento, lo siento —respondió el ganso.

Entonces habló la oveja de más edad.

—Estoy de acuerdo en que para salvar la vida de Wilbur tiene que haber algo nuevo escrito en la telaraña. Y si Carlota necesita ayuda para encontrar las palabras, me parece que podrá obtenerla de nuestra amiga Templeton. La rata visita de modo regular el vertedero y tiene acceso a periódicos viejos. Puede arrancar pedazos de anuncios y traerlos al granero para que Carlota disponga de algo que copiar.

—Buena idea —dijo Carlota—. Pero no estoy segura de que Templeton se muestre dispuesta a ayudar. Ya sabéis como es, siempre pensando en sí misma y jamás en los demás.

—Apuesto a que puedo lograr que ayude —afirmó la oveja de mayor edad—. Recurriré a sus más bajos instintos, que no le faltan precisamente. Aquí viene. ¡Que se calle todo el mundo mientras yo le planteo la cuestión!

La rata entró en el granero del modo en que siempre lo hacía, deslizándose pegada al muro.

—¿Qué pasa? —preguntó al ver reunidos a todos los animales.

—Estamos celebrando una reunión del Consejo —respondió la oveja de mayor edad.

—¡Pues acabad! Me aburren las reuniones —declaró Templeton. Y la rata empezó a trepar por una cuerda que colgaba contra la pared.

—Oye, Templeton —dijo la oveja de mayor edad—, la próxima vez que vayas al vertedero, tráete un recorte de un periódico. Carlota necesita nuevas ideas para escribir mensajes en su tela de araña y salvar la vida de Wilbur.

—¡Que se muera! —dijo la rata—. No me preocupa.

—Ya te preocuparás cuando llegue el invierno —declaró la oveja—. Ya te preocuparás, una helada mañana de enero, cuando Wilbur esté muerto y nadie venga a echar en la artesa un espléndido cubo de desperdicios calientes. Lo que le sobra a Wilbur es tu fuente principal de alimentación, Templeton. Y *tú* lo sabes. La comida de Wilbur es *tu* comida; por eso el destino de Wilbur y tu propio destino se hallan estrechamente ligados. Si matan a Wilbur y su artesa permanece vacía día tras día, adelgazarás tanto que podremos mirar a través de tu estómago y ver los objetos situados en el otro lado.

Temblaron los bigotes de Templeton.

—Tal vez tengas razón —dijo frunciendo el ceño—. Mañana por la tarde he de ir al vertedero. Traeré algún recorte de periódico si lo encuentro.

—Gracias —dijo Carlota—. Se suspende la sesión. Me aguarda una tarde de mucho trabajo. Tengo que romper mi tela de araña y escribir «Tremendo».

Wilbur enrojeció.

—Pero yo no soy tremendo, Carlota. Soy solamente un cerdo normal.

—Por lo que a mí se refiere, tú eres tremendo —respondió cariñosamente Carlota—, y eso es lo que cuenta. Eres mi mejor amigo y me pareces sensacional. ¡Ahora deja de discutir y vete a dormir un poco!

## Un gran progreso

Muy avanzada la noche, mientras dormían los demás animales, Carlota trabajó en su tela. Arrancó primero algunos de los hilos circulares cerca del centro. Dejó sólo los radiales que soportaban la estructura de la red. Sus ocho patas le eran de gran ayuda en su tarea. Lo mismo sucedía con sus dientes. Le gustaba tejer y era una experta en semejante trabajo. Cuando acabó de arrancar hilos, la telaraña quedó convertida en algo como esto:

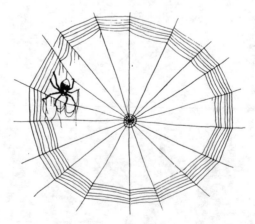

Una araña es capaz de fabricar diversas clases de hilos. Utiliza un hilo seco y fuerte para montar la estructura, y un hilo pegajoso para la trampa; éste es el tipo de hilo que sirve para capturar y sujetar insectos. Carlota decidió emplear su hilo seco para escribir el nuevo mensaje.

—Si escribo «Tremendo» con hilo pegajoso —pensó— todos los bichos que lleguen se quedarán pegados y se estropeará el efecto.

—Veamos, la primera letra es una T.

Carlota trepó a lo alto del lado izquierdo de su tela. Dispuso en posición sus hileras, sujetó su hilo y se dejó caer. A medida que descendía, entraron en acción sus glándulas y fue produciendo hilo que sujetó abajo. Así consiguió formar la parte vertical de la letra T. Pero Carlota no se sintió satisfecha. Subió, hizo otra sujección junto a la primera. Luego descendió con el hilo hasta tener dos juntos en vez de uno sólo. «Resultará mejor si hago toda la palabra con hilo doble.»

Volvió a subir, se desplazó un tanto hacia la izquierda, tocó con sus hileras la red y luego formó un hilo hacia la derecha, para trazar lo alto de la T. Repitió la operación, haciendo doble el hilo. Sus ocho patas se afanaban en la tarea.

—¡Vamos ahora con la R!

Carlota se absorbió en su trabajo. Empezó a hablar sola, como si quisiera animarse. Si hubieras estado aquella noche en silencio en el primer piso del granero, habrías oído cosas como éstas:

—¡Vamos con la primera E! ¡Arriba! ¡Sujetar! ¡Bajar! ¡Soltar hilo! ¡Ya! ¡Sujetar! ¡Bien! ¡Arriba! ¡Repetir! ¡Sujetar! ¡Bajar! ¡Soltar hilo! ¡Ya! ¡Tensa ahora! ¡Sujeta! ¡Sube! ¡Sujeta! ¡A la derecha! ¡Suelta hilo! ¡Sujeta! ¡A la derecha y abajo, una vuelta y otra y otra! ¡Ahora a la izquierda! ¡Sujeta! ¡Sube! ¡Repite! ¡Bien! ¡Calma, junta esos hilos! ¡Ahora afuera y abajo para hacer la pata de la M! ¡Suelta hilo! ¡Ya! ¡Sujeta! ¡Arriba! ¡Repite! ¡Buena chica!

Y así, hablando sola, la araña llevó a cabo su difícil tarea. Cuando terminó, se sintió hambrienta. Se comió un bichito que guardaba para la ocasión. Luego se echó a dormir.

A la mañana siguiente Wilbur se levantó y fue a colocarse bajo la telaraña. Llenó sus pulmones con el aire de la mañana. Gotitas de rocío que brillaban al sol hacían más visible la obra de Carlota. Cuando llegó Lurvy con el desayuno, allí estaba el guapo cerdo y, sobre él, las letras claramente tejidas formaban la palabra TREMENDO.

Otro milagro.

Lurvy echó a correr y llamó al señor Zuckerman. El señor Zuckerman echó a correr y llamó a la señora Zuckerman. La señora Zuckerman corrió al teléfono y llamó a los Arable. Los Arable se subieron en su camión y se presentaron de repente. Todo el mundo se congregó ante la pocilga, contempló la telaraña y leyó una y otra vez la palabra. Mientras tanto Wilbur, que en realidad se *sentía* tremendo, hinchaba el pecho y movía el hocico de uno a otro lado.

—¡Tremendo! —dijo jadeante Zuckerman, rebosando admiración—. Edith, será mejor que llames por teléfono al reportero de *El Heraldo Semanal* y le digas lo que ha pasado. Querrá saberlo. Quizás traiga a un fotógrafo. En todo el Estado no hay un cerdo tan tremendo como el nuestro.

Se extendió la noticia. Las personas que habían ido para ver a Wilbur, «vaya cerdo», regresaron para contemplarlo, ahora que era un cerdo «tremendo».

Aquella tarde, cuando el señor Zuckerman acudió a ordeñar las vacas y limpiar el establo, aún seguía pensando en el maravilloso cerdo que poseía.

—¡Lurvy! —gritó—. No vuelvas a arrojar estiércol de vaca a la pocilga. Tengo un cerdo tremendo, quiero que pueda echarse en paja limpia y fresca que cambiarás cada día. ¿Entendido?

—Sí, señor —replicó Lurvy.

—Además —añadió el señor Zuckerman—. Quiero que empieces a hacer una jaula para Wilbur. He decidido llevar a Wilbur el seis de septiembre a la Feria del condado. Que sea grande la jaula y pintada de verde con letras doradas.

—¿Qué dirán las letras? —preguntó Lurvy.

—Que digan *El Famoso Cerdo de Zuckerman*.

Lurvy recogió una horca y se alejó en busca de paja fresca. Ya se daba cuenta de que tener un cerdo importante iba a significar mucho más trabajo del habitual.

Más allá del huerto de manzanos, al final de un sendero, estaba el vertedero donde el señor Zuckerman arrojaba basura y toda clase de cosas que ya nadie quería. Allí, en un pequeño calvero oculto por chopos jóvenes y matorrales de gayuba silvestre, había un sorprendente montón de botellas vacías, latas, trapos sucios, pedazos de metal y de vidrio, goznes rotos, muelles rotos, baterías gastadas, periódicos del mes anterior, jirones de trapos de fregar, monos de trabajo convertidos en harapos, clavos mohosos, cubos desfondados, tapones desechados y un batiburrillo de cosas inútiles, incluyendo un manubrio, inservible por su tamaño, que había pertenecido a una heladera ya rota.

Templeton conocía el vertedero y le gustaba. Allí había magníficos escondrijos, ideales para una rata. Y, por lo general, siempre encontraba una lata con un poco de comida pegada al fondo.

Templeton registró a conciencia el vertedero. Cuando regresó al granero llevaba en la boca un anuncio que había arrancado de una arrugada revista.

¿Qué te parece esto? —preguntó, mostrando a Carlota el anuncio; dice «Crujiente». «Crujiente» sería una buena palabra para escribir en tu tela de araña.

—De ningún modo —respondió Carlota—. Nada podría ser peor. No quiero que Zuckerman piense que Wilbur es crujiente. Puede empezar a pensar en torreznos crujientes y en sabrosos jamones. Eso sería meterle ideas en su cabeza. Tenemos que anunciar las nobles cualidades de Wilbur, no su sabor. ¡Por favor, Templeton, tráeme otra palabra!

La rata parecía molesta. Pero se deslizó hacia afuera, camino del vertedero y volvió al cabo de un rato con una tira de tejido de algodón.

—¿Qué te parece esto? —preguntó—. Es una etiqueta arrancada a una camisa vieja.

Carlota examinó la etiqueta. Decía: PRE-ENCOGIDO POR LAVADO.

—Lo siento, Templeton —dijo—, pero «pre-encogido» no sirve. Queremos que Zuckerman piense que Wilbur está bien ahuecado y nada relleno. Tengo que pedirte que lo intentes de nuevo.

—¿Qué crees que soy? ¿Un recadero? —gruñó la rata—. No pienso pasarme la vida buscando material publicitario en el vertedero.

—¡Sólo una vez más, por favor! —le rogó Carlota.

—Haré lo que quieres —dijo Templeton—. Sé en donde hay un envoltorio de detergente en el cobertizo. Tiene palabras escritas. Te traeré un pedazo del paquete.

Trepó por la cuerda que colgaba junto al muro y desapareció

por un agujero del techo. Cuando regresó llevaba en los dientes una tira azul y blanca de cartón.

—¡Mira! ¿Qué te parece esto?

Carlota leyó las palabras: «Con Nueva Acción Radiante.»

—¿Qué significa esto? —preguntó Carlota, que jamás había usado detergentes.

—¿Cómo voy a saberlo? —dijo Templeton—. Pediste palabras y yo te las traje. Supongo que lo próximo que me pedirás será un diccionario.

Estudiaron juntos el anuncio del detergente.

—Con nueva acción radiante —repitió Carlota lentamente.

—¡Wilbur! —gritó.

Wilbur, que estaba dormido en la paja, se puso en pie de un salto.

—¡Corre por ahí! —le ordenó Carlota—. Quiero verte en acción para averiguar si eres radiante.

Wilbur corrió hasta el final del corral.

—¡Ahora vuelve, más deprisa!

Wilbur regresó al galope. Brillaba su piel. Su rabo formaba un rizo fino y apretado.

—¡Salta en el aire! —gritó Carlota.

Wilbur saltó tan alto como pudo.

—¡Atiesa las patas y toca el suelo con tus orejas! —le dijo Carlota.

Wilbur obedeció.

—¡Un salto hacia atrás, girando en el aire! —gritó Carlota.

Wilbur se echó hacia atrás, retorciéndose y girando al tiempo que saltaba.

—Muy bien, Wilbur —declaró Carlota—. Puedes volver a dormirte. De acuerdo, Templeton, supongo que servirá el anuncio del detergente. No estoy segura de que la acción de Wilbur sea exactamente radiante pero es interesante.

—En realidad —observó Wilbur—, me *siento* radiante.

—¿De verdad? —preguntó Carlota, mirándole con cariño—.

De acuerdo, eres un cerdito bueno y estarás radiante. Ya que estoy metida a fondo en esto, llegaré hasta el límite.

Cansado de tanto ejercicio, Wilbur se tendió en la fresca paja. Cerró los ojos. La paja le picaba; no era tan cómoda como el estiércol en donde siempre resultaba delicioso tenderse. Así que echó a un lado la paja y se tumbó sobre el estiércol. Wilbur suspiró. Había sido un día ajetreado. Su primer día de cerdo tremendo. Docenas de personas habían visitado el corral por la tarde y él había tenido que permanecer en pie y posar, con un aire tan tremendo como le fue posible. Ahora se sentía cansado. Llegó Fern y se sentó silenciosamente en su banqueta colocada en un rincón.

—¡Cuéntame un cuento, Carlota! —dijo Wilbur, mientras aguardaba tendido a que le llegara el sueño—. ¡Cuéntame un cuento!

Así que, Carlota, aunque también ella estaba cansada, hizo lo que Wilbur deseaba.

—Hubo una vez una bella prima mía —empezó a decir— que construyó una tela de araña sobre un riachuelo. Un día, un pececito saltó por el aire y se quedó atrapado en la telaraña. Mi prima, naturalmente, se quedó muy sorprendida. El pez se agitaba de una manera salvaje. Mi prima apenas se atrevía a agarrarlo. Pero lo hizo. Descendió y lanzó grandes cantidades de hilo para envolverlo y peleó valientemente para apoderarse de él.

—¿Y lo logró?

—Fue una pelea inolvidable —declaró Carlota—. Allí estaba el pez atrapado sólo por una aleta mientras su cola se agitaba con fuerza, brillando al sol. Allí estaba la telaraña, a punto de deshacerse bajo el peso del pez.

—¿Cuánto pesaba el pez? —preguntó ansiosamente Wilbur.

—No lo sé —dijo Carlota—. Y allí estaba mi prima, escurriéndose, esquivándolo, implacablemente golpeada en la cabeza por aquel pez que luchaba sin descanso. Rehuía sus ataques, lanzaba sus hilos y peleaba animosamente. Primero lanzó uno por la izquierda en torno de la cola. El pez devolvió el golpe. Luego lanzó uno por la izquierda a la cola y otro por la derecha hacia el centro del cuerpo. El pez contraatacó. Entonces ella se echó a un lado y lanzó un hilo por la derecha, y luego otro por el mismo lado a la aleta. Después otro por la izquierda, a la cabeza, mientras la telaraña se agitaba y se estiraba.

—¿Y qué sucedió después? —preguntó Wilbur.

—Nada —repuso Carlota—. El pez perdió la pelea. Mi prima lo ató con tanta fuerza que no pudo moverse.

—¿Y qué sucedió después? —preguntó Wilbur.

—Nada —repuso Carlota—. Mi prima guardó el pez un rato y luego cuando estuvo dispuesta y le pareció bien, se lo comió.

—¡Cuéntame otro cuento! —suplicó Wilbur.

Carlota le habló entonces de una prima suya que era aeronauta.

—¿Qué es un aeronauta? —preguntó Wilbur.

—Alguien que va en globo —dijo Carlota—. Mi prima solía ponerse cabeza abajo y soltaba bastante hilo para formar un globo. Entonces se dejaba llevar y se alzaba en la atmósfera, impulsada hacia arriba por el aire caliente.

—¿Es eso cierto? —preguntó Wilbur—. ¿O estás inventándotelo?

—Es cierto —replicó Carlota—. Tengo algunas primas muy notables. Y ahora, Wilbur, ya es hora de que te vayas a dormir. Es muy tarde.

—Cántame algo —le rogó Wilbur, cerrando los ojos.

Y Carlota cantó una canción de cuna mientras los grillos chirriaban entre las hierbas y se oscurecía el granero. Esta fue la canción que cantó:

> *Duerme, mi amor, cariño mío*
> *todo cubierto de estiércol oscuro.*
> *¡No temas nada! Estoy contigo.*
> *Es ya la hora en que tordos y ranas*
> *cantan al mundo en bosques y charcas.*
>
> *Duerme, tranquilo, cariño mío.*
> *¡No temas nada! Estoy contigo.*

Pero Wilbur ya estaba dormido. Cuando concluyó la canción, Fern se levantó y se fue a su casa.

# El doctor Dorian

El día siguiente era sábado. Fern se hallaba junto al fregadero de la cocina, secando los platos del desayuno que lavaba su madre. La señora Arable trabajaba en silencio. Esperaba que Fern saldría y se iría a jugar con otros niños en vez de encaminarse a la granja de los Zuckerman para sentarse a observar a los animales.

—Carlota cuenta cuentos mejor que nadie en este mundo —dijo Fern mientras metía el paño de secar en un cuenco para cereales.

—Fern —manifestó su madre ceñudamente—, no debes inventarte cosas. Sabes que las arañas no cuentan cuentos. Las arañas no pueden hablar.

—Carlota puede —replicó Fern—. No muy alto pero habla.

—¿Qué clase de cuento contó? —preguntó la señora.

—Bueno —empezó a decir Fern—, nos habló de una prima suya que atrapó un pez en su telaraña. ¿No te parece fascinante?

—Fern, querida, ¿cómo iba caber un pez en una tela de araña? —dijo la señora Arable—. Tú sabes que eso no puede suceder. Estás inventándotelo.

—Pues sucedió así —contestó Fern—. Carlota jamás miente. Esa prima suya tejió una telaraña sobre un riachuelo. Un día que colgaba de su red, un pececito saltó en el aire y quedó atrapado

91

en la tela. El pez quedó sujeto por una aleta, mamá; su cola, que brillaba al sol, se agitaba furiosamente. ¿No eres capaz de imaginarte la telaraña, peligrosamente combaba bajo el peso del pez? La prima de Carlota resbalaba, se zafaba y era implacablemente golpeada en la cabeza por un pez enfurecido, agitándose por aquí y por allá. Lanzando...

—¡Fern! —le gritó su madre—. ¡Cálla! ¡Deja de inventarte esas cosas tan absurdas!

—No estoy inventándome nada —dijo Fern—. Me limito a narrarte los hechos.

—¿Y qué sucedió al final? —preguntó su madre, a quien le pudo la curiosidad.

—Ganó la prima de Carlota. Ató el pez y se lo comió cuando le pareció oportuno. Las arañas también tienen que comer igual que todos nosotros.

—Sí, supongo que sí —respondió la señora Arable con un tono de vaguedad.

—Carlota tiene otra prima que es pilota de globos. Se pone cabeza abajo, suelta bastante hilo y el aire la arrastra hacia arriba. ¿Es que no te gusta esto?

—Sí, claro, cuando se piensa en ello —repuso la señora Arable—. Pero Fern, querida, me gustaría que hoy fueses a jugar al aire libre en vez de dirigirte al granero del tío Homer. Busca a algunos chicos y vete a jugar con ellos al campo. Te pasas la vida en ese granero, no es bueno estar sola tanto tiempo.

—¿Sola? —dijo Fern—. Mis mejores amigos están en el primer piso del granero. Es un lugar muy sociable. No estoy de ningún modo sola.

Fern desapareció al cabo de un rato y se encaminó carretera abajo hacia la granja de los Zuckerman. Su madre limpió el polvo del gabinete. No dejó de pensar en Fern mientras trabajaba. Por fin la señora Arable tomó una decisión: iría a ver al doctor Dorian y le pediría consejo. Subió a su coche y se dirigió a la consulta del médico, en el pueblo.

El doctor Dorian lucía una espesa barba. Le alegró ver a la señora Arable y le ofreció un cómodo sillón.

—Se trata de Fern —le explicó—. Fern pasa muchísimo tiempo en la granja de los Zuckerman. Se sienta en una banqueta de ordeñar en el primer piso del granero, cerca de la pocilga, y observa a los animales hora tras hora. Se limita a permanecer sentada y a escuchar.

El doctor Dorian se echó hacia atrás y cerró los ojos.

—¡Qué encantador! —dijo—. Debe ser estupendo permanecer allí. Homer tiene algunas ovejas. ¿No es cierto?

—Sí —replicó la señora Arable—. Pero verá, todo empezó con el cerdo al que permitimos que Fern criara con biberón. Lo llama Wilbur. Homer compró el cerdo, y desde que dejó nuestra casa, Fern se acostumbró a ir a casa de su tío para estar cerca de él.

—He estado oyendo cosas acerca de ese cerdo —dijo el doctor Dorian, abriendo los ojos—. Dicen que es todo un cerdo.

—¿Ha oído hablar de las palabras que aparecieron en la telaraña? —preguntó de una manera nerviosa la señora Arable.

—Sí —contestó el médico.

—Bien. ¿Usted lo entiende?

—¿Entender qué?

—Entender cómo pueden aparecer esas palabras en una telaraña.

—Oh, no, no lo entiendo —dijo el doctor Dorian—. Pero tampoco he entendido nunca cómo las arañas saben tejer redes. Cuando aparecieron las palabras, todo el mundo dijo que era un milagro. Pero nadie señaló que la propia telaraña en sí misma constituye un milagro.

—¿Qué hay de milagroso en una telaraña? —dijo al señora Arable—. No veo por qué dice usted que es un milagro, es simplemente una telaraña.

—¿Ha intentado alguna vez tejer una? —preguntó el doctor Dorian.

La señora Arable se agitó nerviosa en su sillón.

—No, pero puedo hacer una servilleta de ganchillo y soy capaz de hacer un calcetín de punto.

—Claro —respondió el médico—. Pero alguien le enseñó. ¿No?

—Mi madre me enseñó.

—Bien. ¿Y quién enseñó a la araña? Una araña joven sabe cómo tejer una red sin recibir instrucciones de nadie. ¿No considera usted eso un milagro?

—Supongo que así es —dijo la señora Arable—. Jamás lo vi hasta ahora de ese modo. Pero aun así, no comprendo cómo esas palabras aparecieron en la telaraña. No lo entiendo y no me gusta lo que no entiendo.

—A todos nos pasa lo mismo —observó el doctor Dorian suspirando—. Yo soy un médico. Se supone que los médicos lo entienden todo. Pero yo no comprendo todo y no pienso dejar que eso me preocupe.

La señora Arable volvió a agitarse.

—Fern dice que los animales se hablan unos a otros. ¿Cree usted, doctor Dorian, que los animales hablan?

—Jamás oí a ninguno decir algo —replicó—. Pero eso no demuestra nada. Es muy posible que un animal me hable muy educadamente y que yo no capte la observación por no estar prestando atención. Los niños prestan más atención que los mayores. Si

Fern dice que hablan los animales del granero de Zuckerman, estoy completamente dispuesto a creerla. Tal vez los animales hablarían más si las personas hablasen menos. La gente habla incesantemente, puedo darle mi palabra de que así es.

—Bueno, me siento mejor acerca de Fern —dijo la señora Arable—. ¿Cree usted que necesito preocuparme por ella?

—¿Tiene buen aspecto? —preguntó el médico.

—Oh, sí.

—¿Buen apetito?

—Oh, siempre tiene hambre.

—¿Duerme bien por la noche?

—Muy tranquila y de un tirón.

—Entonces no se preocupe —señaló el médico.

—¿Cree usted que llegará incluso a pensar en algo que no sea en cerdos, ovejas, ocas y arañas?

—¿Qué edad tiene Fern?

—Ha cumplido ocho años.

—Bueno —dijo el doctor Dorian—. Creo que siempre le gustarán los animales. Pero dudo de que pase toda su vida en el primer piso del granero de Homer Zuckerman. ¿Qué tal se lleva con los chicos? ¿Tiene amigos?

—Conoce a Henry Fussy* —replicó con viveza la señora Arable.

El doctor Dorian cerró de nuevo sus ojos y se sumió en profundos pensamientos.

—Henry Fussy —murmuró—. Hum. Notable. Bueno, no creo que tenga usted nada de qué preocuparse. Que Fern se relacione con sus amigos del granero, si es eso lo que desea. Yo añadiría que arañas y cerdos resultan tan interesantes como Henry Fussy. Sin embargo sé que llegará el día en que, de modo accidental, Henry formulará alguna observación que llamará la atención de Fern. Es sorprendente el modo en que los chicos cambian de un año para otro. ¿Qué tal está Avery? —preguntó abriendo por completo los ojos.

—Oh, Avery —dijo sonriente la señora Arable—. Avery siempre está bien. A veces se intoxica con jugo de zumaque, y sufre picaduras de avispas y abejas y trae a casa ranas y culebras, y rompe todo lo que cae en sus manos. Pero está bien.

—¡Magnífico! —añadió el médico.

La señora Arable se despidió de él y le dio fervientes gracias por sus consejos. Se sentía considerablemente aliviada.

* «Fussy», evidentemente aquí un apellido, significa también en inglés «inquieto» (N. del T.).

## Los grillos

Los grillos chirriaban entre las hierbas. Entonaban la canción del final del verano, una canción triste y monótona. «El verano ha concluido y se va, —decían—, termina y se va, termina y se va. El verano está muriendo, y se va.»

Los grillos consideraban que era su deber advertir a todo el mundo que el tiempo estival no dura siempre. Incluso en los días más bellos de todo el año, los días en que el verano se convierte en otoño, los grillos difundían el rumor de la tristeza y del cambio.

Todo el mundo oía la canción de los grillos. Avery y Fern Arable la oían cuando caminaban por la polvorienta carretera. Sabían que pronto comenzaría de nuevo la escuela. La oyeron los pequeños gansos y supieron que nunca volverían a ser ansarinos. La oyó Carlota y supo que no le quedaba mucho tiempo. Trabajando en la cocina, la señora Zuckerman oyó los grillos y también se apoderó de ella la tristeza. «Otro verano que se va», suspiró al pensarlo. Lurvy, que se dedicaba a la tarea de hacer la jaula para Wilbur, oyó la canción y supo que había llegado el momento de cavar para sacar las patatas.

—El verano termina y se va —repetían los grillos—. ¿Cuántas noches quedan hasta que hiele? —cantaban los grillos—. ¡Adiós, verano, adiós, adiós!

Las ovejas oyeron a los grillos y se sintieron tan inquietas que abrieron una brecha en la cerca de la dehesa y se metieron en el campo que se extendía al otro lado de la carretera. El ganso descubrió el agujero y pasó por allí a toda su familia y se dirigieron al huerto para comerse las manzanas que habían caído al suelo. Un pequeño arce que crecía junto a la ciénaga oyó la canción de los grillos y se volvió rojo de ansiedad.

Wilbur era ahora en la granja el centro de la atracción. La buena alimentación y una regularidad en los horarios estaban mostrando sus resultados: Wilbur era un cerdo del que se enorgullecía cualquier hombre. Un día acudieron más de cien personas ante el corral para admirarlo. Carlota había escrito la palabra RADIANTE y Wilbur parecía en realidad radiante, erguido bajo la dorada luz del sol. Desde que la araña comenzó a protegerlo había hecho cuanto pudo para justificar su reputación. Cuando la telaraña de Carlota dijo VAYA CERDO, Wilbur se esforzó por parecer un espléndido cerdo. Cuando la telaraña de Carlota dijo TREMENDO, Wilbur intentó parecer tremendo. Y ahora que la telaraña decía RADIANTE, hizo cuanto le fue posible para resultar brillante.

No es fácil parecer radiante, pero Wilbur puso toda su voluntad en el empeño. Volvía un tanto la cabeza y agitaba sus largas pestañas. Luego respiraba hondamente. Y cuando su público empezaba a aburrirse, saltaba en el aire, dando de espaldas una voltereta al tiempo que con su cuerpo describía un medio giro. Al ver aquello, la multitud gritaba y aplaudía.

—¿Qué tal para un cerdo? —preguntaba el señor Zuckerman, muy satisfecho de sí mismo—. Este cerdo está verdaderamente radiante.

A algunos de los amigos de Wilbur en el granero, les preocupaba la posibilidad de que tanta atención acabara por subírsele a la cabeza y volverle engreído. Pero jamás sucedió eso. Wilbur era modesto; la fama no le echó a perder. Aún se preocupaba algo por el futuro, porque apenas creía que una simple araña fuese capaz de salvar su vida. Por las noches, a veces, aún tenía un mal sueño. Soñaba que venían a buscarlo unos hombres armados con cuchillos y escopetas. Pero esto era solamente un sueño. De día, Wilbur se sentía por lo común feliz y seguro. No hubo cerdo nunca con amigos más sinceros, y comprendió que la amistad es una de las cosas más satisfactorias de este mundo. Ni siquiera la canción de los grillos puso a Wilbur demasiado triste. Sabía que estaba ya muy próxima la celebración de la Feria del condado y ansiaba que llegara el momento del viaje. Si era capaz de destacar en la Feria y conseguir tal vez algún premio en metálico, estaba seguro de que Zuckerman le dejaría con vida.

Carlota tenía sus propias preocupaciones pero se las guardaba para sí. Una mañana, Wilbur le preguntó acerca de la Feria.

—¿Vas a ir *conmigo*, verdad, Carlota?

—Pues no lo sé —replicó Carlota—. La Feria cae en mala época para mí. Me resultará difícil dejar mi casa, incluso por unos pocos días.

—¿Por qué? —quiso saber Wilbur.

—Oh, no creo que deba abandonar mi tela. Son muchas las cosas que suceden aquí.

—¡*Por favor,* ven conmigo! —le suplicó Wilbur—. Yo te necesito, Carlota. No podré soportar ir a la Feria sin ti. *Tienes* que venir.

—No —dijo Carlota—. Creo que será mejor quedarme en casa y ver si puedo hacer un trabajo.

—¿Qué clase de trabajo? —preguntó Wilbur.

—Poner huevos. Es la época de que construya un saco y lo llene de huevos.

—No sabía que tú podías poner huevos —dijo Wilbur sorprendido.

—Oh, pues claro —replicó la araña—. Yo soy polifacética.

—¿Qué significa «polifacética»? ¿Llena de huevos? —preguntó Wilbur.

—Desde luego que no —repuso Carlota—. «Polifacética» significa que puedo pasar con facilidad de una cosa a otra. Significa que no tengo por qué limitar mis actividades a tejer, a atrapar y a destrezas de ese tipo.

—¿Por qué no vienes conmigo a la Feria y pones tus huevos allí? —le suplicó Wilbur—. Resultaría muy divertido.

Carlota dio un tirón a su tela de araña y observó, abstraída, cómo vibraba.

—Me temo que no —dijo—. Tú no conoces, Wilbur, lo más importante acerca de la tarea de poner huevos. Yo no puedo acomodar mis obligaciones familiares al calendario de la Feria del condado. Cuando esté lista para poner huevos, tengo que poner huevos, haya Feria o no la haya. Pero no quiero que te preocupes por eso, podrías perder peso. Lo dejaremos así: si puedo, iré a la Feria.

—¡Oh, magnífico! —dijo—. Sabía que no me abandonarías cuando más te necesito.

Wilbur pasó todo el día adentro, disfrutando del descanso en la paja. Carlota también descansó y se comió un saltamontes. Sabía que no podría ayudar a Wilbur mucho más tiempo. En el plazo de unos pocos días tendría que abandonarlo todo y construir el bellísimo saquito que contendría sus huevos.

## A la Feria

La noche antes de que se inaugurase la Feria del condado todo el mundo se fue a la cama temprano. Fern y Avery se acostaron a las ocho. Avery empezó a soñar que la noria se detenía y que él estaba en la cabina de lo alto. Fern empezó a soñar que se mareaba en los columpios.

Lurvy estaba en la cama a las ocho y media. Soñaba que lanzaba pelotas de beisbol a un gato de trapo y que ganaba una auténtica manta de los indios navajos. El señor y la señora Zuckerman estaban en la cama a las nueve. La señora Zuckerman soñaba con

un congelador. El señor Zuckerman soñaba con Wilbur. Soñó que Wilbur se había desarrollado hasta tener treinta y cinco metros de largo por veintiocho de alto, que ganaba todos los premios de la Feria, que estaba cubierto de cintas azules y que incluso le colgaba una cinta azul del rabo.

Abajo, en el primer piso del granero, todos los animales se fueron a dormir temprano, todos menos Carlota. Mañana sería el día de la Feria. Todos los animales pensaban levantarse temprano para ver a Wilbur partir hacia su gran aventura.

Cuando llegó la mañana, todo el mundo se levantó al rayar el día. La jornada se anunciaba calurosa. Carretera arriba, en casa de los Arable, Fern llevó a su habitación un cubo de agua caliente y se lavó con una esponja. Después se puso su vestido más bonito porque sabía que vería a chicos en la Feria. La señora Arable fregoteó el cuello de Avery, mojó sus cabellos, le hizo la raya y pasó con fuerza un cepillo hasta que se le quedaron pegados al cráneo, todos menos seis pelos que se empeñaron en quedar tiesos. Avery se puso ropa interior limpia, unos vaqueros limpios y una camisa limpia. El señor Arable se vistió, desayunó y luego salió para sacar brillo al camión. Se había ofrecido a llevar a la Feria a todo el mundo, Wilbur incluido.

Muy temprano, un flamante Lurvy puso paja limpia en la jaula de Wilbur y la trasladó hasta la pocilga. La jaula era de color verde. Un cartel en letras doradas decía:

## EL FAMOSO CERDO DE ZUCKERMAN

Carlota había dispuesto con cuidado su tela para la ocasión. Wilbur tomó despacio su desayuno. Trató de parecer radiante sin meterse comida en las orejas.

En la cocina la señora Zuckerman anunció de repente:

—Homer —dijo a su marido—. Voy a dar a ese cerdo un baño de suero de mantequilla.

—¿Qué? —dijo el señor Zuckerman.

—Un baño de suero de mantequilla. Mi abuela solía bañar a su cerdo con suero de mantequilla cuando se ensuciaba. Acabo de recordarlo.

—Wilbur no está sucio —declaró con orgullo el señor Zuckerman.

—Tiene suciedad detrás de las orejas —afrimó la señora Zuckerman—. Cada vez que Lurvy lo alimenta, la comida escurre alrededor de las orejas. Luego se seca y forma una costra. Además tiene churretes en un costado, por el lado sobre el que se tiende en el estiércol.

—Se tiende en paja limpia —le corrigió el señor Zuckerman.

—Bueno, pues está sucio y voy a lavarlo.

103

El señor Zuckerman se resignó, se sentó y se comió un bollo. Su esposa se dirigió al cobertizo. Cuando regresó, calzaba botas de goma y un viejo impermeable y traía un cubo de suero de mantequilla y una pequeña paleta de madera.

—Estás loca, Edith —masculló Zuckerman.

Pero ella no le prestó atención. Juntos se dirigieron a la pocilga. La señora Zuckerman no perdió el tiempo. Franqueó la cerca y se reunió con Wilbur y empezó a trabajar. Introduciendo la paleta en el suero de mantequilla, la frotó después por todo el cuerpo. Las ocas acudieron a contemplar el espectáculo, y otro tanto sucedió con las ovejas y con los corderos. Incluso Templeton asomó cautelosamente su cabeza para ver cómo lavaban a Wilbur con suero de mantequilla. Carlota se interesó tanto por el asunto que descendió en un hilo para verlo mejor. Wilbur se quedó quieto y cerró los ojos. Podía sentir cómo el suero de mantequilla se deslizaba por sus costados. Abrió la boca y le entró algo dentro. Era delicioso. Se sintió radiante y feliz. Cuando la señora Zuckerman terminó de lavarlo y de frotarlo para que se secara, era el cerdo más limpio y más guapo que nunca viste. Era completamente blanco, rosado en torno de las orejas y tan terso como si su piel fuera de seda.

Los Zuckerman subieron a ponerse sus mejores ropas. Lurvy fue a afeitarse y a ponerse su camisa de cuadros y su corbata roja. Los animales se quedaron solos en el granero.

Los siete ansarinos daban vueltas y más vueltas en torno de su madre.

—¡Por favor, por favor, por favor, llévanos a la Feria! —suplicó un ansarino. Y luego comenzaron a importunar los siete a coro.

—Por favor, por favor, por favor, por favor, por favor, por favor... —era un verdadero escándalo.

—¡Niños! —les gritó la oca—. Nos quedaremos tranquilamente-lamente-lamente en casa. A la Feria sólo va Wilbur-ilbur-ilbur.

Justo entonces lo interrumpió Carlota.

—Yo iré también —dijo quedamente—. He decidido ir con

Wilbur. Quizás me necesite. No es posible saber lo que puede suceder en el ferial. Tiene que venir alguien que sepa cómo se escribe. Y pienso que será mejor que venga también Templeton; puede que necesite a alguien para hacer recados y para trabajos en general.

—Yo me quedo aquí —gruñó la rata—. No tengo el más mínimo interés en ninguna Feria.

—Eso es porque nunca has estado en una —observó la oveja de más edad—. Una feria es el paraíso de una rata. Todo el mundo derrama comida en una feria. Una rata puede salir deslizándose por la noche y darse un festín. En las cuadras encontrarás avena vertida por los caballos de tiro y de silla. Entre la hierba pisoteada de los campos de los alrededores hallarás paquetes de comida sobrante que contienen los revueltos restos de bocadillos de manteca de cacahuete, huevos duros, migas de galletas, pedazos de bollos y partículas de queso. En el propio recinto del ferial, después de que se hayan apagado las brillantes luces y la gente haya ido a sus casas para acostarse, encontrarás un verdadero tesoro de palomitas de maíz, pedacitos de tarta helada, frutas escarchadas abandonadas por niños cansados, azúcar hilado, almendras saladas, bastones de caramelo, cucuruchos de helado a medio terminar y los palitos de los pirulíes. Por todas partes hay un verdadero tesoro para una rata, en tiendas de campaña, en «stands», en graneros. En una feria hay un desagradable sobrante de comida capaz de satisfacer a todo un ejército de ratas.

Los ojos de Templeton parecían brasas.

—¿Es eso cierto? —preguntó—. ¿Es verdad todo eso tan apetitoso que me has contado? Me gusta vivir bien y lo que has dicho, me tienta.

—Es cierto —replicó la oveja de más edad—. Vete a la Feria, Templeton. Descubrirás que las condiciones de un ferial superan tus más fantásticos sueños. Cubos con restos pegados de masa agria, latitas que aun contienen algunos pedacitos de atún, bolsas de papel grasiento rebosantes de...

—¡Ya está bien! —gritó Templeton—. No me digas más. Iré.

—Bien —añadió Carlota, haciendo un guiño a la oveja de más edad—. No hay tiempo que perder. Pronto pondrán a Wilbur en la jaula. Templeton y yo tenemos que meternos ahora mismo en la jaula y ocultarnos.

La rata no perdió un minuto. Se lanzó a la jaula, se arrastró entre las tablillas y echó paja por encima para desaparecer de la vista.

—De acuerdo —dijo Carlota—. Ahora me toca a mí.

Se lanzó al aire, soltó hilo y cayó suavemente en el suelo. Luego trepó por el costado de la jaula y se ocultó en el agujero de un nudo de la tabla de arriba.

La oveja de más edad comentó:

—¡Vaya cargamento! Ese cartel debería decir: «El Famoso Cerdo de Zuckerman y dos polizones.»

—¡Mirad, está llegando-gando-gando la gente! —gritó el ganso—. ¡Silencio, silencio, silencio!

Con el señor Arable al volante, el gran camión se acercaba en marcha atrás al granero. Lurvy y el señor Zuckerman caminaban a los lados. Fern y Avery, de pie sobre la caja, se sujetaban a los bordes.

—Escúchame —murmuró a Wilbur la oveja de más edad—. ¡Resístete cuando abran la jaula y traten de meterte dentro! No dejes de forcejear. Los cerdos siempre se resisten cuando los meten en algún sitio.

—Si me resisto, me ensuciaré —dijo Wilbur.

—¡No importa, haz lo que te digo! Si te dejaras meter en la jaula sin oponer resistencia, es posible que pensaran que estás embrujado. Les daría miedo ir a la Feria.

Templeton asomó su cabeza entre la paja.

—Resístete si debes hacerlo —le dijo—, pero haz el favor de recordar que yo estoy escondida en esta jaula y no quiero que me pisen o que me golpeen en la cara, que me espachurren, que me aplasten, que me magullen, que me laceren, que me machaquen, que me hieran, que me opriman o que me planchen. ¡Ten simplemente cuidado con lo que haces, señor radiante, cuando empiecen a empujarte!

—¡Cállate, Templeton! —le dijo la oveja—. Esconde la cabeza, ya vienen. ¡Tienes que parecer radiante, Wilbur! ¡Bájate, Carlota! ¡Callaos, ocas!

El camión se acercó a la pocilga, dando marcha atrás y luego se detuvo. El señor Arable paró el motor, bajó, fue hacia la trasera y bajó el bastidor posterior. Las ocas cloquearon. La señora Arable descendió del camión. Fern y Avery saltaron al suelo. De la casa llegó la señora Zuckerman. Todo el mundo se acercó a la cerca y, durante un instante, se quedó admirando a Wilbur y a la espléndida jaula verde. Nadie imaginó que en la jaula había ya una rata y una araña.

—¡Vaya cerdo! —dijo la señora Arable.

—Es tremendo —afirmó Lurvy.

—Está radiante —añadió Fern, recordando el día en que nació.

—Bien, en cualquier caso se halla limpio —dijo la señora Zuckerman—. De algo sirvió el suero de mantequilla.

El señor Arable examinó cuidadosamente a Wilbur.

—Sí, es un cerdo maravilloso —declaró—. Cuesta trabajo creer que era el canijo de la camada. Mucho jamón, tendrás, Homer, y mucho tocino, cuando llegue el momento de matar *este* cerdo.

Wilbur oyó aquellas palabras y casi se le paró el corazón.

—Creo que voy a desmayarme —dijo a la oveja de más edad, que le estaba observando.

—¡Arrodíllate! —murmuró la oveja—. ¡Para que se te vaya la sangre a la cabeza!

Wilbur se puso de rodillas. Ya no tenía una apariencia precisamente radiante. Cerró los ojos.

—¡Cuidado! —chilló Fern—. ¡Está mareándose!

—¡Eh, miradme! —gritó Avery mientras se metía a gatas en la jaula—. ¡Soy un cerdo! ¡Soy un cerdo!

Un pie de Avery tocó a Templeton, oculta bajo la paja. «¡Vaya lío!», pensó la rata: «¡Los chicos son insoportables! ¿Por qué me dejé meter en esto?»

Las ocas vieron Avery dentro de la jaula y empezaron a cloquear.

—¡Avery, sal de la jaula ahora mismo!— le ordenó su madre—. ¿Qué crees que eres?

—¡Soy un cerdo! —gritó Avery, lanzando al aire puñados de paja—. ¡Oink, oink, oink!

—El camión se mueve, papá —dijo Fern.

El camión empezaba a deslizarse cuesta abajo. El señor Arable se encaramó a toda prisa al asiento del conductor y echó el freno. El camión se detuvo. Las ocas cloquearon. Carlota se acurrucó, encogiéndose tanto como pudo en el agujero del nudo de la madera para que no la viese Avery.

—¡Sal al instante! —gritó la señora Arable. Avery salió a gatas de la jaula, haciendo muecas a Wilbur. Wilbur se desmayó.

—El cerdo se ha desmayado —dijo la señora Zuckerman—. ¡Echadle agua!

—¡Echadle suero de mantequilla! —sugirió Avery.

Las ocas cloquearon.

Lurvy corrió en busca de un cubo de agua. Fern franqueó la cerca y se arrodilló junto a Wilbur.

—Insolación —dijo Zuckerman—. Demasiado calor para él.

—A lo mejor está muerto —afirmó Avery.

—¡Sal de esa pocilga *inmediatamente*! —gritó la señora Arable. Avery obedeció a su madre y se subió a la caja del camión para poder ver todo mejor. Lurvy regresó con agua fría y la arrojó sobre Wilbur.

—¡Echame algo a mí! —grito Avery—. ¡También yo tengo muchísimo calor!

—¡Cállate! —gimió Fern—. *Cállate* ahora mismo.

Sus ojos estaban cargados de lágrimas.

Al sentir el agua fría Wilbur volvió en sí. Se alzó lentamente mientras las ocas cloqueaban.

—¡Se ha puesto en pie! —dijo el señor Arable—. Supongo que no le pasa nada grave.

—Tengo hambre —dijo Avery—. Quiero una fruta escarchada.

—Wilbur ya está bien —dijo Fern—. Podemos marcharnos. Tengo ganas de subir a la noria.

El señor Zuckerman, el señor Arable y Lurvy cargaron con Wilbur y le empujaron para que metiera la cabeza en la jaula. Wilbur empezó a resistirse. Cuanto más empujaban, más se resistía. Avery bajó del camión y se unió a los hombres. Wilbur pateaba, se retorcía y gruñía.

—A *este* cerdo no le pasa nada —dijo el señor Zuckerman alegremente mientras presionaba su rodilla contra la parte posterior de Wilbur—. ¡Ahora, muchachos, todos a la vez! ¡Empujad!

Con un último esfuerzo lo introdujeron en la jaula. Las ocas cloquearon. Lurvy cerró la entrada de la jaula con unas tablas que afirmó con clavos para que Wilbur no pudiera escapar. Luego, haciendo acopio de todas sus fuerzas, los hombres alzaron la jaula y    dejaron en el camión. Ignoraban que bajo la paja había una rata y una gran araña gris en el interior en un nudo de la madera. Sólo vieron un cerdo.

—¡Todo el mundo arriba! —dijo el señor Arable. Puso en marcha el motor. Las mujeres subieron a la cabina junto a él. El señor Zuckerman, Lurvy, Fern y Avery viajarían en la caja, sujetándose a los bordes. El camión empezó a moverse. Las ocas cloquearon. Los chicos replicaron a las ocas y allá fueron todos a la Feria.

## Tío

Cuando llegaron al recinto de la Feria pudieron oír la música y vieron girar en el aire la noria. Olieron la tierra de la pista de carreras que acababa de humedecer el camión de riego y las hamburguesas que se freían. Vieron los globos que se perdían en las alturas. Oyeron la algarabía de las ovejas en sus rediles. Por los altavoces una voz formidable dijo:

—¡Atención, por favor! ¡Se ruega al propietario de un Pontiac, matrícula H-2439 que retire su coche de las proximidades de la caseta de los fuegos artificiales!

—¿Me das dinero? —preguntó Fern.

—¡Y a mí también! —dijo Avery.

—Voy a ganar una muñeca, haciendo girar la rueda para que se pare en mi número —afirmó Fern.

—Pues, voy a pilotar un reactor y hacer que choque con otro.

—¿Me compras un globo? —preguntó Fern.

—Pues yo quiero tarta helada, una hamburguesa con queso y una gaseosa.

—Niños, aguardad hasta que bajen el cerdo —dijo la señora Arable.

—Deja que se vayan —declaró el señor Arable—. Al fin y al cabo, la Feria es sólo una vez al año.

El señor Arable dio a Fern dos monedas de veinticinco centavos y otras dos de diez; y a Avery cinco de diez y cuatro de veinticinco.

—¡Ahora, corred por ahí! —dijo—. Y recordad que ese dinero tiene que duraros *todo el día*. No vayáis a gastarlo en unos minutos. Y volved al camión a las doce para que comamos todos juntos. Y no toméis porquerías que os ensucien el estómago.

—Y si subís a los columpios —añadió la señora Arable— ¡agarraos fuerte! ¡Agarraos *muy* fuerte! ¿Me oís?

—¡Y no os perdáis! —dijo la señora Zuckerman.

—¡Y no os ensuciéis!

—¡No sofocaos! —dijo su madre.

—¡Cuidado con los rateros! —les previno su padre.

—¡Y no vayáis a cruzar la pista de carreras cuando lleguen los caballos! —gritó la señora Zuckerman.

Los chicos se cogieron de la mano y corrieron en dirección al tiovivo, hacia la música y la aventura, hacia un lugar maravilloso donde no hubiese padres que les vigilaran y les dijeran lo que tenían que hacer, y donde pudieran ser felices y hacer lo que se les antojara. La señora Arable enmudeció y les vio marchar. Después suspiró, y luego se sonó la nariz.

—¿Crees que está bien dejarles solos? —preguntó.

—Alguna vez tienen que hacerse mayores —dijo el señor Arable—. Y creo que un ferial es un buen lugar para empezar.

Mientras descargaban a Wilbur, lo sacaban de la jaula y lo introducían en su nueva pocilga, se reunió un gentío para verlo. Todos contemplaron el anuncio: EL FAMOSO CERDO DE ZUCKERMAN. Wilbur les miró a su vez y trató de ofrecer la mejor apariencia. Le agradaba su nueva pocilga. El suelo estaba cubierto de hierba y se hallaba protegido del sol por un techado.

Aprovechando la oportunidad, Carlota abandonó la jaula y se subió a un poste hasta colocarse bajo el tejadillo. Nadie reparó en ella.

No deseando aparecer a la luz del día, Templeton, permaneció muy quieta bajo la paja del fondo de la jaula. El señor Zuckerman vertió algo de leche desnatada en la artesa y echó paja fresca en la pocilga. Luego, en compañía de la señora Zuckerman y de los Arable, se dirigió hacia los establos para curiosearlo todo y ver las vacas de pura raza. El señor Zuckerman quería examinar especialmente los tractores. La señora Zuckerman quería ver un congelador. Lurvy vagó por el ferial, esperando encontrarse con algunos amigos y divertirse un poco.

Tan pronto como las personas se fueron, Carlota habló a Wilbur.

—Por suerte, tú no puedes ver lo que *yo* veo —dijo.

—¿Qué es lo que ves? —preguntó Wilbur.

—El cerdo de la pocilga de al lado. Es enorme. Me temo que es mucho más grande que tú.

—Tal vez sea más viejo que yo y haya tenido más tiempo para crecer —apuntó Wilbur. Las lágrimas comenzaron a brotar de sus ojos.

—Bajaré y miraré más de cerca —dijo Carlota.

Se deslizó por una viga hasta hallarse directamente sobre la otra pocilga. Entonces se dejó caer soltando hilo hasta colarse inmediatamente junto al hocico del enorme cerdo.

—¿Puedo saber cómo te llamas? —preguntó cortésmente.

El cerdo la observó.

—No tengo nombre —respondió con una voz grave y cordial—. Llámame simplemente Tío.

—Muy bien, Tío —replicó Carlota—. ¿Cuál es la fecha de tu nacimiento? ¿Eres un cerdo de primavera?

—Pues claro que soy un cerdo de primavera —replicó Tío—. ¿Qué pensabas que era? ¿Un pollo de primavera? Ja, ja, qué divertido, ¿eh, hermanita?

—No demasiado —contestó Carlota—. Los he oído mejores. Encantada de haberte conocido, y ahora tengo que irme.

Ascendió lentamente y regresó a la pocilga de Wilbur.

—Dice que es un cerdo de primavera —le informó Carlota—,

y tal vez lo sea. Hay algo cierto y es que no resulta simpático. Se toma demasiadas confianzas, arma mucho ruido y sus chistes son muy malos. Además no está tan limpio como tú ni resulta tan agradable. Me ha sido antipático en la breve charla que he tenido con él. Sin embargo, Wilbur, va a ser un rival difícil por su tamaño y por su peso. Pero con mi ayuda, podrá arreglarse.

—¿Cuándo vas a tejer una telaraña? —preguntó Wilbur.

—A la caída de la tarde, si no estoy demasiado cansada —comentó Carlota—. En estos días la cosa más mínima me cansa. Me parece que ya no tengo la energía de antes. Supongo que es la edad.

Wilbur miró a su amiga. Le pareció bastante hinchada y lánguida.

—Siento mucho saber que no te encuentras bien, Carlota —le dijo—. Tal vez te hallarías mejor si tejieras una red y atraparas un par de moscas.

—Tal vez —dijo ella con tono de fatiga—. Pero me siento como al final de un día muy largo.

Se subió al techo y se dispuso a descabezar un sueño, dejando a Wilbur muy preocupado.

Durante toda la mañana, el gentío desfiló ante la pocilga de Wilbur. Docenas y docenas de personas desconocidas se detenían a observarlo y a admirar su piel blanca y sedosa, su rabo rizado y su expresión amable y radiante. Luego pasaban a detenerse ante la pocilga inmediata en donde se encontraba el gran cerdo. Wilbur oyó a varios hacer comentarios favorables acerca del enorme tamaño de Tío. No podía evitar enterarse de aquellas observaciones, ni tampoco conseguía ahuyentar su preocupación. «Y ahora que Carlota no se siente bien...», pensaba.

Templeton durmió tranquilamente bajo la paja durante toda la mañana. El calor era ya muy intenso. A las doce, los Zuckerman y los Arable regresaron a la pocilga. Unos minutos más tarde aparecieron Fern y Avery. Fern llevaba en brazos un monito de juguete y estaba comiendo rositas de maíz. Avery tenía un globo sujeto a una oreja y mordisqueaba una fruta escarchada. Los chicos estaban sofocados y sucios.

—¿No hace calor? —preguntó la señora Zuckerman.

—Hace *muchísimo* calor —replicó la señora Arable, abanicándose con el anuncio de un congelador.

Uno tras otro subieron al camión y abrieron las bolsas de comida. El sol caía implacable. Nadie parecía tener hambre.

—¿Cuándo van a resolver los jueces acerca de Wilbur? —preguntó la señora Zuckerman.

—No decidirán hasta mañana —dijo el señor Zuckerman.

Apareció Lurvy con una manta india que había ganado.

—Eso es justamente lo que necesitamos —comentó Avery—. Una manta.

—Pues claro que sí —replicó Lurvy.

Y entonces extendió la manta de flanco a flanco de la caja, como si fuese una pequeña tienda. Los niños se sentaron a la sombra, bajo la manta y se sintieron mejor.

Después de comer, se tendieron y se quedaron dormidos.

## El fresco del atardecer

Cuando las sombras oscurecieron al recinto del ferial y llegó el fresco del atardecer, Templeton se deslizó fuera del banasto y miró en torno de sí. Wilbur estaba dormido sobre la paja. Carlota tejía una tela. El penetrante olfato de Templeton descubrió muchos tenues olores en el aire. La rata se sentía hambrienta y sedienta. Decidió ir a explorar y se marchó sin decir nada a nadie.

—¡Tráeme una palabra! —le advirtió Carlota—. Esta noche escribiré por última vez.

La rata masculló algo para sí misma y desapareció entre las sombras. No le gustaba que la tratasen como a un recadero.

Tras el calor del día, el anochecer sobrevino como un alivio para todos. La noria estaba ahora iluminada. Giraba y giraba en el cielo y parecía tener un tamaño doble del que tuvo de día. Había luces en el recinto y se oían los chasquidos de las máquinas tragaperras, la música del tiovivo y la voz del hombre que, en la tómbola, iba cantando números.

Los niños se sintieron descansados tras la siesta. Fern encontró a su amigo Henry Fussy que le invitó a subir con él a la noria. Incluso le pagó la entrada, así que no le costó nada a Fern. Cuando, por casualidad, levantó la vista hacia el cielo estrellado, la señora Arable vio a su hijita sentada con Henry Fussy, subiendo y subien-

118

do en el aire. Vio también cuán feliz parecía Fern y meneó la cabeza.

—¡Caramba, caramba! —dijo—. ¡Hay que ver! ¡Henry Fussy!

Templeton se mantuvo oculta. En las hierbas altas tras los establos encontró un periódico doblado. Dentro estaban los restos de la comida de alguien: un bocadillo de jamón con picante, un pedazo de queso suizo, parte de un huevo duro y el corazón de una manzana con gusano. La rata se metió adentro y se lo comió todo. Luego arrancó una palabra del periódico, la enrolló y se puso en camino de regreso a la pocilga de Wilbur.

Carlota tenía su tela de araña casi acabada cuando regresó Templeton con el pedazo de periódico. Había dejado un hueco en el centro de la red. A aquella hora no había personas en torno a la pocilga, así que la rata, la araña y el cerdo podían hablar tranquilamente.

—Espero que sea una buena palabra la que me has traído —dijo Carlota—. Va a ser la última que escriba.

—Aquí está —dijo Templeton, desenrollando el papel.

—¿Qué dice? —preguntó Carlota—. Tendrás que léermela.

119

—Dice «Humilde» —replicó la rata.

—¿Humilde? —dijo Carlota—. «Humilde» tiene dos significados. Significa «no orgulloso» y significa «cerca de la tierra». Le viene muy bien a Wilbur. Él no es orgulloso y está cerca de la tierra.

—Bueno, espero que estés satisfecha —declaró desdeñosamente la rata—. No pienso pasarme el tiempo recogiendo y llevando. Vine a esta Feria para disfrutar, no para entregar papeles.

—Has servido de gran ayuda —repuso Carlota—. Vete ahora, si quieres ver más de la Feria.

La rata se sonrió.

—Voy a aprovechar bien la noche —declaró—. La oveja de más edad tenía razón. ¡Esta Feria es el paraíso de una rata! ¡Qué manera de comer! ¡Y de beber! Y por todas partes buenos escondrijos y mejores hallazgos. ¡Adiós, adiós, mi humilde Wilbur! ¡Que te vaya bien, Carlota, buena intrigante! Esta será una noche inolvidable en la vida de una rata.

Desapareció entre las sombras.

Carlota reanudó su trabajo. Ya era noche cerrada. En la distancia empezaron a brillar los fuegos artificiales, cohetes que desplegaban en el aire lenguas de fuego. Cuando los Arable, los Zuckerman y Lurvy regresaron de la tribuna de espectadores, Carlota había terminado su telaraña. La palabra HUMILDE estaba nítidamente tejida en el centro. En la oscuridad nadie la advirtió. Todo el mundo se sentía fatigado y alegre.

Fern y Avery subieron al camión y se tendieron, cubriéndose con la manta india. Lurvy echó a Wilbur un montón de paja fresca. El señor Arable le despidió con una palmada.

—Ya es hora de que nos vayamos a dormir —dijo al cerdo—. Mañana te veremos.

Las personas mayores subieron al camión y Wilbur oyó cómo se ponía en marcha el motor y cómo se alejaba lentamente el vehículo. Si Carlota no hubiese estado con él se habría sentido solitario y nostálgico. Jamás se sentía solitario cuando ella estaba cerca. Hasta allí aún le llegaba la música del distante tiovivo.

A punto de sumirse en el sueño dijo a Carlota:

—Cántame otra vez esa canción del estiércol oscuro —le rogó.

—Esta noche, no —respondió ella en voz baja—. También yo estoy cansada.

Su voz no parecía proceder de la telaraña.

—¿Dónde estás? —preguntó Wilbur—. No puedo verte. ¿Estás en tu tela?

—He vuelto aquí —replicó—. Al rincón de arriba.

—¿Por qué no estás en tu telaraña? —preguntó Wilbur—. Casi *nunca* abandonas tu red.

—La he dejado esta noche —dijo.

Wilbur cerró los ojos.

—Carlota —dijo al cabo de un rato—. ¿Crees tú que Zuckerman me conservará con vida y que no me matará cuando lleguen los fríos? ¿Lo crees verdaderamente?

—Pues claro —respondió Carlota—. Eres un cerdo famoso y un buen cerdo. Probablemente mañana ganarás un premio. Todo el mundo oirá hablar de ti. Zuckerman se sentirá orgulloso y contento de ser el dueño de semejante cerdo. No tienes nada que temer, Wilbur, no hay nada de que debas preocuparte. Tal vez vivas siempre. ¿Quién sabe? Y ahora, vete a dormir.

Durante un rato no se oyó ningún sonido. Después, Wilbur volvió a preguntar.

—¿Qué estás haciendo allá arriba, Carlota?

—Oh, haciendo algo —dijo—. Haciendo algo, como de costumbre.

—¿Es algo para mí? —preguntó Wilbur.

—No, esta vez se trata de algo para *mí* —declaró Carlota.

—Por favor, dime de qué se trata —le suplicó Wilbur.

—Te lo diré por la mañana —dijo—. Cuando asomen en el cielo las primeras luces y se agiten los gorriones, cuando las vacas hagan sonar sus cencerros, cuando cante el gallo y las estrellas desaparezcan, cuando resuenen los primeros coches en la carretera, tú mirarás hacia aquí arriba y yo te enseñaré algo. Te mostraré mi obra maestra.

Antes de que concluyera de hablar, Wilbur estaba ya dormido. Por el sonido de su respiración, la araña comprendió que ya dormía tranquila y profundamente sobre la paja.

A kilómetros de allí, en la casa de los Arable, los hombres se sentaron en torno a la mesa de la cocina para comer unos melocotones en conserva. En el piso de arriba, Avery estaba ya durmiendo en su cama. La señora Arable arropaba a Fern.

—¿Lo pasaste bien en la Feria? —preguntó a su hija al tiempo que la besaba.

Fern asintió.

—Ha sido el día más feliz de toda mi vida.

—¡Caramba! —dijo la señora Arable—. ¡Qué bien!

## El saco de huevos

A la mañana siguiente, cuando asomaron en el cielo las primeras luces y se agitaron los gorriones en los árboles, cuando cantó el gallo, y los primeros coches pasaron por la carretera, Wilbur se despertó y buscó a Carlota. La distinguió en un rincón, allá arriba, en el techado de la parte posterior de su pocilga. Estaba muy quieta. Sus ocho patas se hallaban extendidas. Parecía haber encogido durante la noche. Junto a ella, sujeto al techo, Wilbur vio un curioso objeto. Se asemejaba a una bolsa o un capullo. Tenía el color de los melocotones y parecía como si hubiese sido hecho de azúcar hilado.

—¿Estás despierta, Carlota? —preguntó en voz baja.

—Sí —le respondió.

—Qué cosa tan bonita. ¿La hiciste tú?

—Sí, claro —replicó Carlota con voz débil.

—¿Es un juguete?

—¿Un juguete? Yo diría que no. Es mi saco de huevos, mi *magnum opus*.

—No sé lo que es magnum opus —declaró Wilbur.

—Es latín —le explicó Carlota—, significa «gran obra». Este saco de huevos es mi gran obra, lo mejor que he hecho.

—¿Y qué hay dentro? —preguntó Wilbur—. ¿Huevos?

123

—Quinientos catorce —contestó.

—¿*Quinientos catorce?* —dijo Wilbur—. Estás bromeando.

—No, en absoluto. Los conté. Empecé contándolos y luego seguí para tener ocupada la mente.

—Es un saco de huevos bellísimo —manifestó Wilbur, tan satisfecho como si lo hubiera hecho él.

—Sí, *es* bonito —replicó Carlota— palmeando el saco con sus dos patas delanteras—. En cualquier caso, puedo garantizarte que es fuerte. Está hecho con los materiales más resistentes que tenía. Además es impermeable. Los huevos se hallan dentro y se conservarán calientes y secos.

—Carlota —dijo Wilbur, como en sueños—. ¿Vas a tener en realidad quinientos catorce hijos?

—Si no pasa nada, sí —contestó—. Claro es que no saldrán hasta la primavera próxima.

Wilbur advirtió un acento de tristeza en la voz de Carlota.

—¿Por qué pareces tan deprimida? Yo pensé que eso te haría sentirte feliz.

—Oh, no me hagas caso —declaró Carlota—. Es que ya no me

124

queda mucho vigor. Supongo que me siento triste porque nunca veré a mis hijos.

—¿Qué significa eso de que nunca verás a tus hijos? Pues *claro* que los verás. *Todos* los veremos. Va a ser sencillamente maravillosa la próxima primavera en el granero con quinientas catorce arañitas corriendo por todos los lados. Y la oca tendrá otros ansarinos y las ovejas tendrán corderitos...

—Tal vez —dijo quedamente Carlota—. Pero tengo la sensación de que yo no veré los resultados de mis esfuerzos de la noche pasada. No me siento nada bien. A decir verdad, creo que estoy languideciendo.

Wilbur no entendía qué era eso de «languidecer» y no quiso molestar a Carlota, pidiéndole que se lo explicara. Pero estaba tan preocupado que acabó por preguntárselo.

—¿Qué significa «languidecer»?

—Significa que decaigo, que noto la edad. Wilbur, ya no soy joven. Pero no quiero que te preocupes por mí. Este es tu gran día. Mira mi telaraña. ¿No está espléndida con el rocío?

La telaraña de Carlota jamás estuvo tan bella como aquella mañana. Cada hilo retenía docenas de brillantes gotitas del rocío de la mañana. La bañaba la luz del amanecer que destacaba todo su trazado. Era una muestra perfecta de diseño y de destreza. Así que transcurrieran una o dos horas, pasaría por allí la gente, admirándola, leyendo la palabra, observando a Wilbur y maravillándose ante tal milagro.

Mientras Wilbur observaba la telaraña surgieron unos bigotes y un rostro aguzado. Templeton se arrastró lentamente por la pocilga y se tendió en un rincón.

—Estoy de vuelta —dijo con voz ronca—. ¡Qué noche!

La rata mostraba ahora un tamaño doble del normal. Su estómago era tan enorme como un tarro de jalea.

—¡Qué noche! —repitió roncamente—. ¡Qué festín y qué juerga! ¡Una auténtica comilona! He debido comerme los restos de treinta almuerzos. Jamás había visto tantas sobras y todas bien pasadas y aderezadas con el paso del tiempo y el calor del día. ¡Fabuloso, amigos míos, fabuloso!

—Deberías avergonzarte de ti misma —declaró Carlota disgustada—. Merecerías sufrir una seria indigestión.

—No te preocupes por mi estómago —gruñó Templeton—. Yo puedo soportarlo todo. Y a propósito, tengo algunas malas noticias. Cuando pasé junto a ese cerdo de al lado —el que se hace llamar Tío— vi que había un rótulo azul pegado a la cerca de su pocilga. Eso significa que ha ganado el primer premio. Supongo que estás derrotado. Wilbur. Puedes echarte a descansar, nadie vendrá a *ponerte* ninguna medalla. Por lo demás, no me sorprendería que Zuckerman cambiara de idea a propósito de ti. ¡Aguarda a que empiece a sentir ganas de filetes de cerdo, de jamón ahumado y de torreznos crujientes! Te meterá el cuchillo, muchacho.

—¡Cállate, Templeton —dijo Carlota—. Estás demasiado repleta para saber lo que dices! ¡No le hagas caso, Wilbur!

Wilbur trató de no pensar en lo que la rata acababa de decir. Decidió cambiar de tema de conversación.

—Templeton —dijo Wilbur—, si no te hubieses atracado tanto, te habrías fijado en que Carlota ha hecho un saco de huevos. Va a ser madre. Para que lo sepas, en ese saquito de color melocotón hay quinientos catorce huevos.

—¿Es cierto? —preguntó la rata, arrojando a la bolsa una mirada suspicaz.

—Sí, es cierto —suspiró Carlota.

—¡Enhorabuena! —murmuró Templeton—. ¡*Menuda* noche!

Cerró los ojos, se echó algo de paja por encima y se sumió en un profundo sueño. Wilbur y Carlota se alegraron de quitársela del medio por un rato.

A las nueve en punto, el camión del señor Arable penetró en el recinto del ferial y se detuvo ante la pocilga de Wilbur. Todos se bajaron.

—¡Mirad! —gritó Fern—. ¡Mirad la telaraña de Carlota! ¡Ved lo que dice!

Las personas mayores y los niños se congregaron allí, y allí permanecieron, estudiando el nuevo signo.

—Humilde —dijo el señor Zuckerman—. ¡Pero esa no es la palabra adecuada para Wilbur!

Todo el mundo se alegró al ver cómo se había repetido el milagro de la telaraña. Wilbur contempló encariñado sus caras. Parecía muy humilde y muy agradecido. Fern hizo un guiño a Carlota. Lurvy pronto empezó a afanarse. Vertió en la artesa un cubo de desperdicios calientes, y mientras Wilbur desayunaba lo rascó suavemente con un palo alisado.

—¡Esperad un minuto! —gritó Avery—. ¡Mirad esto!

Y señaló el rótulo azul en la pocilga de Tío.

—Este cerdo ha ganado ya el primer premio.

Los Zuckerman y los Arable se inmovilizaron ante el rótulo.

La señora Zuckerman empezó a llorar. Nadie dijo una palabra. Simplemente, seguían mirando el rótulo. Lurvy extrajo un enorme pañuelo y se sonó ruidosamente, tan fuerte en realidad que le oyeron los mozos que estaban más allá de las cuadras.

—¿Me das dinero? —dijo Fern—. Quiero ir a las atracciones.

—¡Tú te quedas aquí! —dijo su madre. Las lágrimas asomaron a los ojos de Fern.

—¿A qué viene todo esto? —preguntó el señor Zuckerman—. ¡A trabajar! ¡Edith, trae el suero de mantequilla!

La señora Zuckerman se enjugó los ojos con su pañuelo. Se dirigió al camión y volvió con un jarro de más de cuatro litros de suero de mantequilla.

—¡Es la hora del baño! —dijo alegremente Zuckerman.

Él, la señora Zuckerman y Avery entraron en la pocilga de Wilbur. Avery vertía lentamente suero de mantequilla sobre la cabeza y el lomo de Wilbur, y cuando escurría por sus costados y por su cara, el señor y la señora Zuckerman frotaban sus pelos y su piel. Quienes pasaban se detuvieron a observar. Muy pronto se reunió todo un gentío. Wilbur se tornó espléndidamente blanco y terso. El sol matinal se filtraba por sus rosadas orejas.

—No es tan grande como el cerdo de al lado —comentó uno de los curiosos— pero está más limpio. Así es cómo me gustan.

—Y a mí también —dijo otro hombre.

—Y además es humilde —dijo una mujer, leyendo la palabra en la tela de araña.

Todo el que visitaba la pocilga tenía algo bueno que decir acerca de Wilbur. Todo el mundo admiró la telaraña. Y, desde luego, nadie reparó en Carlota.

De repente, por el altavoz, se oyó decir.

—¡Atención, por favor! Se ruega al señor Homer Zuckerman que traiga su famoso cerdo ante la caseta de los jueces, frente a la tribuna. Dentro de veinte minutos le será otorgado un premio especial. ¡Por favor, señor Zuckerman, meta a su cerdo en la jaula y preséntese inmediatamente en la caseta de los jueces!

Durante el instante que siguió a este aviso, los Arable y los Zuckerman fueron incapaces de hablar o de moverse. Luego Avery cogió un puñado de paja, la lanzó al aire y dio un fuerte grito. La paja cayó como confetti sobre el pelo de Fern. El señor Zuckerman besó a la señora Zuckerman. El señor Arable besó a la señora Arable. Avery besó a Wilbur. Lurvy estrechó la mano de todo el mundo. Fern abrazó a su madre. Avery abrazó a Fern. La señora Arable abrazó a la señora Zuckerman.

Allá arriba, entre las sombras del techo, Carlota permanecía invisible, acurrucada, abarcando con sus patas delanteras su saco de huevos. Su corazón no latía con la fuerza de costumbre. Se advertía cansada y vieja pero, al fin, estaba segura de que había salvado la vida de Wilbur y se sentía tranquila y satisfecha.

—¡No tenemos tiempo que perder! —gritó el señor Zuckerman—. ¡Lurvy, trae la jaula!

—¿Puedes darme algo de dinero? —preguntó Fern.

—¡*Espera*! —respondió la señora Arable—. ¿No ves que todos estamos ocupados?

—¡Lleva ese jarro vacío al camión! —ordenó el señor Arable. Avery cogió el jarro y corrió al camión.

—¿Voy bien peinada? —preguntó la señora Zuckerman.

—Vas bien —replicó el señor Zuckerman mientras él y Lurvy dejaban la jaula frente a Wilbur.

—¡Pero ni siquiera *me* has mirado! —añadió la señora Zuckerman.

—Estás bien peinada, Edith —dijo la señora Arable—. Tranquilízate.

Templeton, dormida entre la paja, oyó la conmoción y se despertó. No sabía exactamente lo que estaba pasando, pero cuando vio cómo empujaban los hombres a Wilbur para meterlo en la jaula decidió ir también. Aprovechó una oportunidad y cuando nadie miraba, se deslizó hasta la jaula y se enterró en el fondo bajo la paja.

—¡Todo listo, chicos! —gritó el señor Zuckerman—. ¡Vámonos! El señor Arable, Lurvy, Avery y él alzaron la jaula y la cargaron en el camión. Fern subió a la caja y se sentó sobre la jaula. Todavía tenía pajitas en el pelo y estaba muy bonita y excitada. El señor Arable puso en marcha el motor. Todo el mundo subió, y allá se fueron camino de la caseta de los jueces frente a la gran tribuna.

Cuando pasaron junto a la noria, Fern miró a lo alto y deseó encontrarse allá arriba, con Henry Fussy a su lado.

## La hora del triunfo

—¡Aviso especial! —dijo el altavoz con tono pomposo—. La dirección de la Feria se complace en presentar al señor Homer L. Zuckerman y su famoso cerdo. El camión que trae ese extraordinario animal está ahora aproximándose al recinto. ¡Tengan la bondad de echarse hacia atrás y dejar sitio al camión! Dentro de unos momentos, el cerdo será descargado en la zona especial de exhibición frente a la gran tribuna. Dejen sitio para que pase el camión. Gracias.

Wilbur tembló cuando oyó aquellas palabras. Se sentía feliz pero mareado. El camión avanzaba lentamente. Lo rodeaba el gentío, y el señor Arable tenía que conducir con mucho cuidado para no atropellar a alguien. Por fin consiguió llegar hasta la caseta de los jueces. Avery saltó al suelo y abrió la trasera.

—Estoy muerta de miedo —murmuró la señora Zuckerman—. Son cientos de personas las que nos miran.

—¡Animo! —replicó la señora Arable—. Esto es divertido.

—¡Descargue su cerdo, por favor! —dijo el altavoz.

—¡Todos a un tiempo, chicos! —dijo el señor Zuckerman. Varios hombres salieron del gentío para ayudar a levantar la jaula. Avery era el que más entusiasmo ponía en la tarea.

—¡Métete la camisa, Avery! —gritó la señora Zuckerman—.

Y apriétate bien el cinturón. Se te están cayendo los pantalones.

—¿No ves que estoy ocupado? —replicó Avery, molesto.

—¡Mirad! —gritó Fern, señalando—. ¡Allí está Henry!

—¡No grites, Fern! —dijo su madre—. ¡Y no señales!

—*Por favor*, ¿puedes darme dinero? —preguntó Fern—. Henry me invitó a subir otra vez a la noria pero me parece que ya no le queda dinero. Se lo gastó.

La señora Arable abrió su bolso.

—Toma —dijo—. Aquí tienes cuarenta centavos. ¡No te pierdas! ¡Y vuelve pronto a la pocilga para reunirte con nosotros!

Fern echó a correr en busca de Henry, abriéndose paso a empellones entre la gente.

—Ahora están sacando de la jaula al cerdo de Zuckerman —tronó el altavoz—. ¡Aguarden el próximo aviso!

Templeton se acurrucó bajo la paja en el fondo de la jaula.

—¡Cuánta tontería! —murmuró la rata—. ¡Qué escándalo por nada!

Carlota descansaba en lo alto de la pocilga, sola y silenciosa. Con sus dos patas delanteras abrazaba el saco de huevos. Carlota podía oír todo lo que decía el altavoz. Aquellas palabras le dieron valor. Esta era la hora de su triunfo.

Cuando Wilbur salió de la jaula, el gentío aplaudió y gritó. El señor Zuckerman se quitó su gorra y se inclinó. Lurvy extrajo del bolsillo su enorme pañuelo y se secó el sudor de la nuca. Avery se arrodilló en el polvo junto a Wilbur, frotándolo y presumiendo. La señora Zuckerman y la señora Arable permanecieron en el estribo del camión.

—Señoooras y caballeros —dijo el altavoz—, les presentamos ahora el distinguido cerdo del señor Homer L. Zuckerman. La fama de este animal singular ha llegado a los últimos rincones de la Tierra, atrayendo a muchos turistas hasta nuestro gran Estado. Muchos de ustedes recordarán aquel inolvidable día del verano en que aparecieron misteriosamente unas palabras en la telaraña del granero del señor Zuckerman, llamando la atención de propios y ex-

133

traños sobre el hecho de que este cerdo era algo por completo fuera de lo común. Este milagro jamás ha sido totalmente explicado, aunque hombres instruidos visitaron la pocilga de Zuckerman para estudiar y observar el fenómeno. Según un último análisis, simplemente sabemos que en este caso se trata de fuerzas sobrenaturales y que todos debemos sentirnos orgullosos y agradecidos. En palabras de la telaraña, señoras y caballeros: «Vaya cerdo.»

Wilbur se ruborizó. Se mantenía perfectamente inmóvil y trató de ofrecer un aspecto inmejorable.

—Este magnífico animal —continuó el altavoz— es verdaderamente «tremendo». ¡Fíjense, señoras y caballeros! Adviertan la tersura y la blancura de su piel, observen ese cuerpo sin manchas y el saludable tono rosáceo de sus orejas y de su hocico.

—Ha sido el suero de mantequilla —murmuró la señora Arable a la señora Zuckerman.

—¡Adviertan el aspecto radiante de este animal! Recuerden luego el día en que apareció claramente la palabra «radiante» en la telaraña. ¿De dónde procedía esa misteriosa escritura? No de la araña, de eso podemos estar seguros. Las arañas son muy diestras en tejer sus redes, pero no hace falta decir que las arañas no saben escribir.

—¿Cómo que no saben? ¿Cómo que no saben? —murmuró Carlota para sí misma.

—Señoooooras y caballeros —prosiguió el altavoz—. No quiero privarles más de su valioso tiempo. En nombre de los organizadores de la Feria, tengo el honor de otorgar al señor Zuckerman un premio especial de veinticinco dólares, junto con una medalla de bronce, convenientemente grabada, como muestra de nuestro aprecio por el papel desempeñado por este cerdo —este cerdo radiante, tremendo y humilde— al haber atraído a tantos visitantes a nuestra gran Feria del condado.

A medida que se sucedía este discurso largo y lisonjero, Wilbur se había sentido cada vez más mareado. Cuando oyó que el gentío comenzaba de nuevo a gritar y a aplaudir, se desmayó de repente. Sus patas se aflojaron, su mente se quedó en blanco y cayó al suelo, inconsciente.

—¿Qué sucede? —preguntó el altavoz—. ¿Qué es lo que pasa, Zuckerman? ¿Qué le ocurre a su cerdo?

Avery se había arrodillado junto a la cabeza de Wilbur, frotándole. El señor Zuckerman daba vueltas alrededor, abanicándolo con su gorra.

—Está bien —gritó el señor Zuckerman—. Le dan estas cosas. Es modesto y no puede resistir las alabanzas.

—Bueno, no podemos dar un premio a un cerdo *muerto* —dijo el altavoz—. Jamás se ha hecho una cosa así.

—No está muerto —rugió el señor Zuckerman—. Se ha desmayado. Se turba con facilidad. ¡Lurvy, trae agua!

Lurvy salió a la carrera del área de exhibición y desapareció.

Templeton asomó la cabeza entre la paja. Advirtió que el extremo del rabo de Wilbur estaba a su alcance. Templeton se sonrió.

—Yo me encargaré de esto —dijo, lanzando una risita. Se llevó a la boca el rabo de Wilbur y lo mordió como ella era capaz de morder. El dolor reanimó a Wilbur. En un santiamén se puso en pie.

—¡Uf! —chilló.

—¡Hurra! —gritó el gentío—. ¡Se ha puesto en pie! ¡El cerdo se ha puesto en pie! ¡Buen trabajo, Zuckerman! ¡Vaya cerdo!

Todo el mundo se sintió satisfecho. El señor Zuckerman era el más complacido de todos. Suspiró aliviado. Nadie había visto a Templeton. La rata había realizado muy bien su tarea.

Y entonces uno de los jueces subió al área de exhibición con los premios. Entregó al señor Zuckerman dos billetes de diez dólares y uno de cinco. Luego pasó la cinta de la medalla por el cuello de Wilbur. Después estrechó la mano del señor Zuckerman mientras Wilbur se ruborizaba. Avery tendió su mano y el juez se la estrechó también. El gentío gritó. Un fotógrafo retrató a Wilbur.

Una gran sensación de felicidad se apoderó de los Zuckerman y de los Arable. Este era el momento más importante en la vida del señor Zuckerman. Resultaba tremendamente satisfactorio ganar un premio delante de tanta gente.

Cuando metían a Wilbur en la jaula, llegó Lurvy con un cubo de agua y los ojos fuera de las órbitas. Sin titubear un segundo arrojó el agua sobre Wilbur. En su excitación falló el objetivo y el agua cayó sobre el señor Zuckerman y Avery. Quedaron empapados.

—¡Por el amor de Dios! —tronó el señor Zuckerman, calado hasta los huesos—. ¿Qué te pasa, Lurvy? ¿No ves que el cerdo está bien?

—Usted me dijo que trajera agua —dijo Lurvy sumisamente.

—Pero no te pedí que me dieras un baño —repuso el señor Zuckerman. El gentío rompió en risotadas. Finalmente, el señor Zuckerman tuvo que reírse también. Y, desde luego, a Avery le entusiasmó verse tan mojado y en el acto empezó a comportarse como un payaso. Hizo como que se duchaba; entre mueca y mueca dio vueltas frotándose en los sobacos con un imaginario jabón. Y luego se secó con una imaginaria toalla.

—¡Avery, quieto! —gritó su madre—. ¡Deja de hacer el tonto!

Pero al gentío le gustó aquello. Avery sólo oyó los aplausos. Le gustaba ser un payaso en una pista, viéndole todo el mundo, frente a la tribuna. Cuando descubrió que aún quedaba un poco de agua en el fondo del cubo, lo alzó en el aire, se vertió el agua y volvió a hacer muecas. Los chicos de la tribuna lanzaron gritos para demostrar su satisfacción.

Y por fin las cosas se calmaron. Wilbur fue cargado en el camión. Avery fue sacado del área de exhibición por su madre y colocado en el asiento del camión para que se secara. El vehículo, conducido por el señor Arable, regresó lentamente a la pocilga. Los mojados pantalones de Avery dejaron una gran mancha húmeda en el asiento.

## El último día

Carlota y Wilbur se quedaron solos. Las familias habían ido a buscar a Fern. Templeton dormía. Wilbur descansaba echado tras la excitación y las emociones de la ceremonia. Aún colgaba de su cuello la medalla; aún podía verla si miraba con el rabillo del ojo.

—Carlota —dijo Wilbur al cabo de un rato—. ¿Por qué estás tan quieta?

—Porque me gusta —dijo—. Siempre he sido más bien tranquila.

—Sí, pero hoy pareces más quieta que nunca. ¿Te sientes bien?

—Un poco cansada, quizás. Pero me siento en paz. Tu éxito de esta mañana ante la tribuna fue, en cierto grado, éxito *mío*. Tu futuro está asegurado. Vivirás seguro y sin preocupaciones, Wilbur. Nada puede amenazarte ahora. Estos días de otoño serán cada vez más cortos y fríos. Las hojas se soltarán de los árboles y caerán al suelo. Llegarán las Navidades y luego las nieves del invierno. Vivirás para disfrutar de la belleza del mundo helado. Porque tú significas mucho para Zuckerman y nada te hará, nunca. Pasará el invierno, se alargarán los días, se fundirá el hielo sobre la charca de la dehesa. Retornarán los jilgueros y cantarán, despertarán las ranas, soplará de nuevo el viento cálido. Podrás disfrutar de todas esas imágenes, sonidos y olores, Wilbur, de ese mundo encantador, de esos magníficos días...

138

Carlota se detuvo. Un momento después, una lágrima asomó a un ojo de Wilbur.

—Oh, Carlota —dijo—. ¡Y pensar que cuanto te conocí, creí que eras cruel y sanguinaria!

Cuando se recobró de su emoción, habló de nuevo.

—¿Por qué hiciste todo esto por mí? —preguntó—. No me lo merezco. Jamás hice nada por ti.

—Has sido mi amigo —replicó Carlota—. Eso es algo tremendo. Yo tejí mis telarañas para ti porque me gustabas. Al fin y al cabo, ¿qué es la vida, en cualquier caso? Nacemos, vivimos un tiempo y luego morimos. La vida de una araña no puede dejar de ser una insignificancia con todas su trampas y comiendo moscas. Al ayudarte, quizás trataba de elevar mi vida un tanto. Dios sabe que cualquiera puede hacer lo mismo con su existencia.

—Bueno —dijo Wilbur—. No sé decir discursos. No tengo tu facilidad de palabra. Pero tú me has salvado, Carlota, y de buena gana daría mi vida por ti, de verdad.

—Estoy segura de que lo harías. Y te agradezco tus generosos sentimientos.

—Carlota —dijo Wilbur—. Todos nosotros regresaremos hoy a casa. La Feria casi ha terminado. ¿No será maravilloso estar de nuevo en el primer piso del granero con las ovejas y las ocas? ¿No tienes ganas de regresar?

Por un instante Carlota no dijo nada. Luego habló en voz tan baja que Wilbur apenas pudo captar las palabras.

—Yo no volveré al granero —dijo.

Wilbur se puso en pie de un salto.

—¿Cómo que no vas a volver? —gritó—. ¿De qué me estás hablando, Carlota?

—Estoy acabada —contestó—. Dentro de uno o dos días habré muerto. Ya no me queda fuerza ni para meterme en la jaula. Dudo de que tuviera seda suficiente en mis hileras para descender hasta el suelo.

Al oír aquello, Wilbur experimentó un acceso de dolor y de

pena. Enormes sollozos estremecían su cuerpo. Gimió y gruñó desolado:

—¡Carlota! —se quejó—. ¡Carlota! ¡Mi amiga de verdad!

—Vamos, no hagas una escena —dijo la araña—. Tranquilízate, Wilbur. ¡Y deja de dar vueltas!

—Pero no puedo resistirlo —gritó Wilbur—. No te dejaré morir aquí sola. Si tienes que quedarte, yo me quedaré también.

—No seas ridículo —declaró Carlota—. Tú no puedes quedarte aquí. Zuckerman, Lurvy, John Arable y los demás volverán dentro de un minuto, te meterán en la jaula y allá te irás. Además no tendría ningún sentido que tú te quedaras. Aquí no habría nadie que te trajera comida. El recinto de Ferias pronto quedará vacío y abandonado.

Wilbur era presa del pánico. Dio vueltas y más vueltas por la pocilga. De repente tuvo una idea: se acordó del saco de huevos y de las quinientas catorce arañitas que saldrían de allí en primavera. Si la propia Carlota no podía regresar al granero, al menos él tenía que llevar a casa a sus hijos.

Wilbur corrió hasta la cerca de su pocilga. Colocó sus patas delanteras sobre las tablas y observó en torno de él. A lo lejos vio acercarse a los Arable y a los Zuckerman. Sabía que tendría que actuar rápidamente.

—¿Dónde está Templeton? —preguntó.

—En aquel rincón, bajo la paja, dormida —dijo Carlota.

Wilbur corrió hacia ella, metió su robusto hocico bajo la rata y la lanzó al aire.

—¡Templeton! —chilló Wilbur—. ¡Presta atención!

La rata, sorprendida en un profundo sueño, pareció primero aturdida y después molesta.

—¿Qué clase de estupidez es ésta? —gruñó—. ¿No puede una rata echar un sueñecito sin que la lancen sin más ni más al aire?

—¡Escúchame! —gritó Wilbur—. Carlota está muy enferma. Le queda muy poco tiempo de vida. No puede acompañarnos a casa en razón de su estado. Por eso resulta absolutamente necesario que yo lleve conmigo su saco de huevos. No puedo alcanzarlo ni tampoco me es posible trepar. Tú eres la única que puede lograrlo. No hay un segundo que perder. Viene la gente, estarán aquí en un instante. Por favor, por favor, *por favor*, Templeton, sube y consígueme el saco de huevos.

La rata bostezó. Enderezó sus bigotes. Luego alzó la vista hacia el saco de huevos.

—¡Bien! —dijo enfadada—. ¿Así que otra vez hay que recurrir a Templeton? Templeton haz esto, Templeton haz lo otro; Templeton, haz el favor de bajar al vertedero y traerme un pedazo de periódico; Templeton, haz el favor de prestarme un pedazo de cuerda para que yo pueda tejer una tela de araña.

—¡Aprisa, Templeton! —dijo Wilbur—. ¡Aprisa, Templeton!

Pero la rata no tenía prisa. Empezó a imitar la voz de Wilbur.

—Y ahora «Aprisa Templeton». ¿Eh? —dijo—. Vaya, vaya. ¿Y qué es lo que saco yo con todo esto? Me gustaría saberlo. Jamás una palabra amable para la buena Templeton, sólo insultos, pullas y alusiones despectivas. Jamás una palabra amable para la rata.

—Templeton —dijo Wilbur desesperado—, si no dejas de hablar y pones manos a la obra, todo se perderá y yo moriré del disgusto. ¡Por favor, sube!

Templeton estaba tendida panza arriba sobre la paja. Perezosamente, metió sus patas delanteras bajo su cabeza y cruzó las traseras, en una actitud de completa calma.

—Moriré del disgusto —repitió burlona—. ¡Qué enternecedor, caray! Me parece que sólo te acuerdas de mí cuando estás en apuros. Pero jamás supe de nadie que se muriera de disgusto por mí. Ah, no. ¿A quién le importa Templeton?

—¡Levántate! —chilló Wilbur—. ¡Deja de comportarte como una niña mimada!

Templeton se sonrió y permaneció inmóvil.

—¿Quién hizo viaje tras viaje al vertedero? —preguntó—. ¡Pues Templeton! ¿Quién salvó la vida de Carlota, ahuyentando al chico de los Arable con un huevo podrido de oca? Bendita sea mi alma, me parece que fue Templeton. ¿Quién te mordió en el rabo y te puso en pie esta mañana cuando te desmayaste ante la multitud? Templeton. ¿Has pensado alguna vez que ya estoy harta de hacer recados y favores? ¿Qué crees que soy, una rata para todo?

Wilbur estaba desesperado. Llegaban las personas. Y la rata estaba fallándole. De repente, se acordó de la glotonería de Templeton.

—Templeton —dijo—. Te haré una solemne promesa. Si me traes el saco de huevos de Carlota, a partir de ahora dejaré que tú comas primero cuando venga Lurvy a alimentarme. Te permitiré que elijas de todo lo que haya en la artesa y no tocaré nada hasta que tú hayas terminado.

La rata se enderezó.

—¿De verdad? —dijo.

—Lo prometo. Te lo juro.

—De acuerdo, trato hecho —dijo la rata. Se dirigió hacia la pared y empezó a trepar. Aun tenía hinchado el estómago por culpa de la comilona de la noche anterior. Gruñendo y quejándose se alzó lentamente hasta el techo. Se deslizó por la madera hasta llegar al saco de huevos. Carlota se hizo a un lado para que pasara. Estaba muriéndose pero aún le quedaban fuerzas para moverse un poco. Luego Templeton enseñó sus largos y horribles dientes y comenzó a cortar los hilos que sujetaban el saco al techo. Wilbur observaba desde abajo.

—¡Con muchísimo cuidado! —dijo—. No quiero que le pase nada a ninguno de esos huevos.

—Esssta cosssa ssse me pega a la boca —se quejó la rata—. Parece caramelo.

Pero Templeton llevó a cabo su trabajo y consiguió soltar el saco y bajarlo hasta el suelo en donde lo dejó caer frente a Wilbur. El cerdo lanzó un gran suspiro de alivio.

—Gracias, Templeton —dijo—. Jamás olvidaré esto mientras viva.

—Tampoco yo —dijo la rata, limpiándose los dientes—. Me

siento como si me hubiese comido un ovillo de hilo. Bien. ¡Vámonos a casa!

Templeton se metió en la jaula y se enterró bajo la paja. En un instante desapareció de la vista. En aquel momento llegaron Lurvy, John Arable y el señor Zuckerman, seguidos por la señora Arable, la señora Zuckerman, Avery y Fern. Wilbur había decidido ya cómo llevaría el saco de huevos; no existía más que un modo posible. Se llevó cuidadosamente a la boca el paquetito y lo retuvo en la punta de la lengua. Recordó lo que le había dicho Carlota, que el saco era impermeable y fuerte. Era gracioso tenerlo en la lengua y le hacía babear un poco. Y naturalmente, no podría decir nada. Pero cuando lo empujaban para meterlo en la jaula, alzó los ojos hacia Carlota y le guiñó un ojo. Ella sabía que estaba diciéndole adiós de la única manera que podía. Y supo que sus hijos estaban a salvo.

—¡Adiós! —murmuró. Luego hizo acopio de todas sus fuerzas y alzó una de sus patas delanteras para despedirlo.

No volvió a moverse. Al día siguiente, cuando desmontaban la noria y metían los caballos de carreras en camiones y los feriantes recogían sus cosas y se marchaban en sus remolques, Carlota murió. El recinto de la Feria pronto apareció desierto. Los cobertizos y construcciones quedaron vacíos y olvidados. El ferial estaba cubierto de botellas vacías y de inmundicias. Entre los centenares de personas que habían acudido a la Feria, nadie supo que una araña gris había desempeñado allí el papel más importante. Nadie estuvo a su lado cuando murió.

## Un viento tibio

Y de aquel modo Wilbur volvió a casa, a su querido montón de estiércol en el granero. El suyo fue un extraño regreso. De su cuello colgaba una medalla de honor; en su boca guardaba un saco de huevos de araña. En ningún sitio como en casa, pensó Wilbur, cuando colocó cuidadosamente en un rincón seguro los quinientos catorce hijos de Carlota aún no nacidos. El granero olía bien. Sus amigas, las ovejas y las ocas, se alegraron de verlo volver.

Las ocas le dieron una ruidosa bienvenida.

—¡Enhora-enhora-enhorabuena! —gritaron—. Buen trabajo.

El señor Zuckerman quitó la medalla a Wilbur y la colgó de un clavo sobre la pocilga, en donde pudieran verla los visitantes. El propio Wilbur podía verla siempre que lo deseara.

Fue muy feliz en los días que siguieron. Alcanzó un gran tamaño. Ya no le preocupaba que lo mataran, porque sabía que el señor Zuckerman lo conservaría tanto tiempo como viviera. Wilbur pensaba a menudo en Carlota. De la entrada aún colgaban unos cuantos hilos de su vieja telaraña. Cada día Wilbur se detenía, alzaba la vista hacia la telaraña rota y vacía y se le hacía un nudo en la garganta. Nadie tuvo nunca una amiga como aquella, tan afectuosa, tan leal y tan hábil.

Los días de otoño se hicieron más cortos. Lurvy trajo del huerto calabazas y las apiló en el suelo del granero para que no se helaran con el frío nocturno. Los arces y los abedules adquirieron colores intensos y el viento los agitó y, una por una, dejaron caer sus hojas al suelo. Bajo los manzanos silvestres de la dehesa se amontonaron manzanitas rojas que mordisqueaban las ovejas, picoteaban las ocas y olían los zorros que acudían por la noche. Una tarde, justo antes de Navidad, empezó a caer la nieve. Cubrió la casa, el granero, los campos y el bosque. Wilbur jamás había visto nevar. Cuando llegó la mañana, salió afuera y revolvió la nieve del corral por el placer de hacerlo. Aparecieron Fern y Avery, tirando de un trineo. Se deslizaron por el sendero y llegaron hasta la charca helada de la dehesa.

—Esto es lo más divertido del mundo —dijo Avery.

—Lo más divertido del mundo —replicó Fern— es cuando se detiene la noria y Henry y yo estamos en la cabina de arriba, y Henry columpia la cabina y podemos verlo todo en kilómetros y kilómetros a la redonda.

—Pero, ¿todavía sigues pensando en la noria? —dijo Avery, molesto—. La Feria fue hace semanas y semanas.

—Pienso en eso todo el tiempo —respondió Fern, sacándose nieve de una oreja.

Después de Navidad, el termómetro descendió a diez grados bajo cero. El frío se apoderó del mundo. La dehesa estaba desierta y helada. Ahora las vacas permanecían todo el tiempo en el granero, menos en las mañanas soleadas, cuando salían al corral y se resguardaban tras las balas de paja. Las ovejas también quedaban cerca del granero, buscando su protección y, cuando tenían sed, comían nieve. Las ocas vagaban en torno del granero como los chicos en torno de una confitería. Y el señor Zuckerman les echaba maíz y nabos para que no perdieran el ánimo.

—¡Muchas, muchas, muchas gracias! —decían siempre que veían llegar la comida.

Templeton se trasladó adentro cuando llegó el invierno. Su escondrijo bajo la artesa resultaba demasiado frío, así que se buscó un buen rincón en el granero tras las arcas del grano. Lo forró con pedazos de papeles sucios y con trapos, y siempre que encontraba una chuchería o un recuerdo lo llevaba a su casa y lo guardaba allí. Siguió visitando a Wilbur tres veces al día, exactamente a las horas de las comidas y Wilbur mantuvo la promesa que hizo. Wilbur dejaba comer primero a la rata. Luego, cuando Templeton ya no podía con un bocado más, comía Wilbur. Como resultado de tales excesos Templeton se puso más grande y más gorda que cualquier rata que hayas podido ver. Era tan grande como una marmota joven.

La oveja de más edad le habló un día acerca de su tamaño.

—Vivirías más —le dijo la oveja— si comieras menos.

—¿Quién desea vivir siempre? —respondió desdeñosa la rata—.

Yo soy por naturaleza glotona y consigo incontables satisfacciones de los placeres de un festín.

Palmeó su estómago, sonrió a la oveja y subió a tenderse.

Durante todo el invierno Wilbur cuidó del saco de huevos de Carlota como si estuviese guardando a sus propios hijos. Junto a la cerca de madera había excavado un lugar especial para el saco entre el estiércol. En las noches muy frías se tendía allí para que su aliento lo calentara. Para Wilbur nada en la vida era tan importante como aquel objeto pequeño y redondo; no le importaba ninguna otra cosa. Aguardó pacientemente el final del invierno y la aparición de las arañitas. La vida es siempre valiosa y serena cuando uno está aguardando a que suceda o aparezca algo. Y por fin concluyó el invierno.

—He oído hoy las ranas —dijo una tarde la oveja de más edad—. ¡Escucha! También tú puedes oírlas ahora.

Wilbur se quedó quieto y enderezó sus orejas. Desde la charca, formando un coro estridente, le llegaron las voces de centenares de ranitas.

—Primavera —dijo pensativa la oveja de más edad—. Otra primavera. Cuando se alejó, Wilbur advirtió que la seguía un nuevo corderito. Tenía tan sólo unas horas.

Las nieves se fundieron y desaparecieron. Arroyos y acequias burbujearon y parlotearon con el agua que corría. Llegó y cantó un jilguero de abigarrada pechuga. El sol cobró fuerza, las mañanas surgieron más pronto. Casi cada vez que amanecía había un nuevo corderito en el redil. La oca estaba sentada sobre nueve huevos. El cielo parecía más ancho y sopló un viento tibio. Los últimos hilos que quedaban de la vieja tela de araña de Carlota se alejaron en el aire y desaparecieron.

Una espléndida mañana de sol, después del desayuno, Wilbur estaba observando su preciado saco. Casi no pensaba en otra cosa. Mientras estaba allí, advirtió que algo se movía. Se acercó y miró. Una arañita salió del saco. No era mayor que un grano de arena, no más grande que la cabeza de un alfiler. Tenía el cuerpo gris con una negra banda debajo. Sus patas eran grises y tostadas. Parecía exactamente como Carlota.

Tembló todo el cuerpo de Wilbur cuando la vio. La arañita le saludó. Entonces Wilbur se acercó aún más. Otras dos arañitas salieron y saludaron también. Dieron vueltas en torno del saco, explorando su nuevo mundo. Luego aparecieron tres arañitas más.

Y después la octava. Y la décima. Aquí estaban por fin las hijas de Carlota.

El corazón de Wilbur empezó a latir con fuerza. Luego lanzó un agudo berrido. Entonces comenzó a correr en círculos, lanzando estiércol al aire. Después dio una voltereta hacia atrás. Luego clavó en el suelo sus patas delanteras y se detuvo frente a las hijas de Carlota.

—¡Hola! —dijo.

La primera araña le respondió hola, pero su voz era tan tenue que Wilbur no pudo oírla.

—Yo soy un viejo amigo de vuestra madre —declaró Wilbur—. Me alegra veros. ¿Estáis bien? ¿Todo va bien?

Las arañitas le saludaron agitando sus patitas delanteras. Por la manera de comportarse, Wilbur pudo advertir que se alegraban de verlo.

—¿Hay algo que pueda hacer por vosotras? ¿Hay algo que necesitéis?

Las arañitas se limitaron a saludarlo. Durante varios días y varias noches anduvieron de acá para allá, arriba y abajo, por un rincón y por otro, arrastrando unos hilitos tras ellas y explorando su hogar. Habían docenas y docenas. Wilbur no pudo contarlas, pero sabía que tenía muchísimas nuevas amigas. Crecieron con gran rapidez. Pronto fueron tan grandes como bolitas de rodamientos. Nacían pequeñas telarañas junto al saco.

Y una tranquila mañana, el señor Zuckerman abrió una puerta en la fachada del Norte. Una corriente de aire tibio sopló entonces a través de todo el primer piso del granero. El aire olía a tierra húmeda, a los abetos del bosque, a la dulce primavera. Las arañitas percibieron la corriente ascendente. Una araña trepó a lo alto de la cerca. Entonces hizo algo que sorprendió mucho a Wilbur. La araña se puso cabeza abajo, apuntó sus hileras al aire y empezó a soltar una nube de finísima seda. La seda formó un globo. Mientras Wilbur observaba, la araña se alzó de la cerca, alejándose por el aire.

—¡Adiós! —dijo cuando salía flotando por la puerta.

—¡Aguarda un minuto! —chilló Wilbur—. ¿Dónde crees que vas?

Pero la araña ya se había perdido de vista. Entonces otra arañita se subió al borde de la cerca, se puso cabeza abajo, hizo un globo y partió flotando. Y después otra. Y luego otra. El aire se llenó muy pronto de globitos, cada uno de los cuales llevaba una araña.

Wilbur estaba frenético. Las crías de Carlota estaban desapareciendo en un abrir y cerrar de ojos.

—¡Volved, niñas! —les gritó.

—¡Adiós! —le dijeron—. ¡Adiós, adiós!

Finalmente una última arañita se detuvo el tiempo suficiente para hablar con Wilbur antes de hacer su globo.

—Nos vamos en esta corriente cálida ascendente. Este es el mo-

mento que hemos de aprovechar. Somos aeronautas y vamos al mundo a hacer telarañas para nosotras mismas.

—Pero, ¿a *dónde*? —preguntó Wilbur.

—Adonde el viento nos lleve: alto, bajo, cerca, lejos, este, oeste, norte, sur. Nos confiamos a la brisa.

—¿Y os váis *todas*? —preguntó Wilbur—. No podéis iros *todas*. Me quedaría solo, sin amigas. Estoy seguro de que a vuestra madre no le gustaría eso.

El aire estaba ahora tan lleno de globitos que el granero parecía envuelto en una neblina. Los globos se alzaban a docenas, daban vueltas y escapaban por la puerta arrastrados por un suave viento. A los oídos de Wilbur llegaban débilmente gritos de «¡Adiós, adiós, adiós!» No podía soportar por más tiempo aquel espectáculo. Apenado, se dejó caer en el suelo y cerró los ojos. Esto parecía el fin del mundo: ¡abandonado por las hijas de Carlota! Wilbur empezó a sollozar hasta que acabó por dormirse.

Cuando se despertó caía la tarde. Miró hacia donde estaba el saco de huevos. Se hallaba vacío. Alzó los ojos al aire. Los globitos habían desaparecido. Entonces se dirigió con paso cansino hacia la entrada, en donde solía estar la telaraña de Carlota. Se detuvo allí, pensando en ella, cuando oyó una vocecita.

—¡Saludos! —dijo—. Estoy aquí arriba.

—Y yo —dijo otra vocecita.

—Y yo —dijo una tercera voz—. Nos hemos quedado nosotras tres. Nos gusta este sitio y nos gustas *tú*.

Wilbur alzó los ojos. En lo alto de la entrada estaban tejiéndose tres pequeñas telas de araña. En cada red, trabajando afanosamente, se hallaba una de las hijas de Carlota.

—¿Puedo considerar entonces —preguntó Wilbur— que habéis decidido formalmente vivir en el granero y que voy a tener *tres* amigas?

—Puedes, desde luego —dijeron las arañas.

—¿Cómo os llamáis? —preguntó Wilbur, temblando de alegría.

—Te diré mi nombre —replicó la primera arañita— si me dices por qué estás temblando.

—Tiemblo de alegría —dijo Wilbur.

—Entonces mi nombre es Alegría —declaró la primera araña.

—¿Cuál era la inicial que iba detrás del nombre de mi madre? —preguntó la segunda araña.

—A —contestó Wilbur.

—Entonces mi nombre es Aranea —dijo la segunda araña.

—¿Y yo? —preguntó la tercera araña—. ¿Quieres escogerme

un nombre bonito, algo que no sea demasiado largo, ni demasiado raro, ni demasiado tonto?

Wilbur pensó con fuerza.

—¿Nellie? —apuntó.

—De acuerdo, me gusta mucho —dijo la tercera araña—. Puedes llamarme Nellie.

Y delicadamente sujetó el hilo que la envolvía al siguiente radio de la telaraña.

El corazón de Wilbur rebosaba de felicidad. Le pareció que en aquella importantísima ocasión tenía que pronunciar un breve discurso.

—¡Alegría! ¡Aranea! ¡Nellie! —empezó a decir—. Bienvenidas al primer piso del granero. Habéis elegido una bendita puerta desde la que tender vuestras telas. Creo que es justo que os diga que yo era un fiel amigo de vuestra madre. Le debo mi vida. Fue brillante, bella y leal hasta el fin. Siempre atesoraré su recuerdo. A vosotras, sus hijas, os brindo mi perpetua amistad.

—Yo te prometo la mía —dijo Alegría.

—Y yo también —dijo Aranea.

—Y yo lo mismo —dijo Nellie, que acababa de atrapar un pequeño cínife.

Aquel fue un día feliz para Wilbur. Y siguieron muchos más días felices y tranquilos.

Con el transcurso del tiempo, cuando vinieron y se fueron meses y años, jamás estuvo sin amigos. Fern ya no acudía regularmente al granero. Estaba creciendo y cuidaba de no hacer niñerías, como sentarse en una banqueta de ordeñar cerca de una pocilga. Pero en la entrada vivieron, año tras año, las hijas de Carlota, sus nietas y sus biznietas. Cada primavera aparecían nuevas arañitas para reemplazar a las viejas. La mayoría partía en sus globos. Pero siempre permanecían dos o tres que decidían instalar su domicilio en la entrada.

El señor Zuckerman cuidó muy bien de Wilbur durante el resto de su vida. Y al cerdo, con frecuencia, lo visitaban amigos y admiradores, porque nadie olvidó nunca el año de su triunfo y el milagro de la telaraña. La vida en el granero era muy buena, noche y día, invierno y verano, primavera y otoño, días aburridos y días maravillosos. Aquel era el mejor sitio en que se podía vivir, pensó Wilbur, ese granero deliciosamente tibio, con las ocas parlanchinas, el cambio de las estaciones, el calor del sol, el paso de las golondrinas, la proximidad de las ratas, la monotonía de las ovejas, el amor de las arañas, el olor del estiércol y la gloria de todo.

Wilbur jamás olvidó a Carlota. Aunque quiso mucho a sus hijas y nietas, ninguna de las nuevas arañas llegó a ocupar por entero el lugar que ella tuvo en su corazón. Carlota fue un ser único. Rara vez encontramos a alguien que sea al mismo tiempo leal camarada y buen escritor. Carlota fue ambas cosas.

FIN

# Índice

# OTROS TITULOS
## DE LA COLECCION CUATRO VIENTOS

CV19. **Veva**
Carmen Kurtz
PREMIO C.C.E.I.
DE LITERATURA JUVENIL
122 págs. 14 ilustraciones de
Odile Kurtz. 17 ª ed.
Veva, obra maestra de nuestra gran
escritora, bella como su título.
Veva... Vida ... ¡Viva!... La lectura
de este libro es magnífica para los
niños, deliciosa para los padres,
emocionante para los abuelos.
Carmen Kurtz cuenta a través de la
encantadora niña Veva —con humor
y amor.

CV12. **La perla negra**
Scott O'Dell
PREMIO ANDERSEN
144 págs. 8 ilustraciones de
Riera Rojas.
9ª ed.
La obra discurre en la costa de la Baja
California, donde Ramón, hijo de un
pescador, pesca una ostra con una
perla negra, que pertenece al gran
Diablo Manta, de quien el niño ha
oído historias escalfriantes. A partir
del hallazgo Ramón vive numerosas
aventuras.

CV27. **Balada de un castellano**
Isabel Molina Llorente
LISTA DE HONOR IBBY
136 págs. 18 ilustraciones de Juan
Alonso Días-Toledo.
7ª ed.
El escenario se sitúa en la Castilla
medieval, donde se mezclan la aventura y la acción con las costumbres
de aquella época. Esta obra de gran
calidad literaria goza de un estilo
abierto y fluido.

CV46. **La travesía**
Rodolfo Guillermo Otero
ACCESIT AL PREMIO LAZARILLO
128 págs. 11 ilustraciones de
Fuencisla del Amo.
3ª ed.
En la pampa argentina, unos niños,
todos ellos hermanos, se encuentran
desamparados tras el accidente que
sufre su cochero al desbocarse los caballos. El providencial e inquietante
encuentro con Nicanor les salva de
morir de hambre y sed. Luego serán
los niños que salvarán a Nicanor de
grandes problemas.

CV65 **Alexandra**
Scott O'Dell
128 págs. 8 ilustraciones de
Carmen Andrada.
2ª ed.
En Florida vive una comunidad
griega fiel a sus tradiciones. Los
hombres de la familia Papadimitrios
son los mejores pescadores de es-
ponjas. Alexandra, la primera chica
buceadora, aprende el oficio y se
encuentra en una situación confusa,
porque hay sospechas de tráfico de
drogas en la isla.

CV69. **Bolas locas**
Betsy Byars
128 págs. 18 ilustraciones de
Javier Lobato.
2ª ed.
En el hogar adoptivo de la familia
Mason, tres chicos abandonados y
maltratados por la vida se sienten
como las «bolas locas» de las máquinas de juego electrónicas.

## C78. El signo del castor
Elizabeth George Speare
140 págs. 18 ilustraciones de Juan Acosta.
4ª ed.

Mat, un muchacho de trece años, sintió cierto temor cuando su padre lo dejó solo en pleno territorio indio, para ir en busca de su madre y de su hermana que habían quedado en la ciudad. Aperece Attean, un muchacho indio, que le enseña nuevos modos de vida y le aprende a comprender el pueblo de los Castores, que nunca podrán adaptarse a la vida de los hombres blancos.

## CV90 Desaparecida
James Duffy
142 págs. 2ª ed.

Kate sabe que ha cometido una terrible equivocación. Momentos antes, al salir de la escuela, volvía a casa dando pequeños saltos, contenta y feliz. Ahora está atrapada en el coche negro de un hombre desconocido que dice conocer a su madre… Ante el retraso anormal de su hermana, Sandy acude a la policía y se pone en marcha una investigación policial narrada con maestría.

## MM100. Sarah sencilla y alta
Patricia MacLachlan
MEDALLA NEWBERY
LISTA DE HONOR DEL IBBY
96 págs. 9 ilustraciones de Fuencisla del Amo

Papá y mamá solían cantar todos los días pero mamá murió un día después de que Caleb naciera. Papá, Caleb y su hermana mayor, Ana, deciden poner un anuncio en el periódico pidiendo una esposa y una madre. Sarah escribe: "Llegaré en tren, llevaré un sombrero amarillo; soy sencilla y alta". Desde el primer momento Sarah canta y ofrece los gestos que tanto necesitan.

## CV106. Raymond
Mark Geller
92 págs. Ilustración de cubierta de Jim Spence. 2ª ed.

Es la historia de un chico de 13 años, que se ve envuelto en un conflicto familiar y sufre maltratos físicos por parte de su padre. Ésta es desgraciadamente la historia de numerosos niños y niñas. La novela esta escrita con un estilo de total autenticidad, y el interés del lector permanece constante.

## CV112. Como una alondra
Patricia MacLachlan
MEDALLA NEWBERY
96 págs. Ilustración de cubierta de Marcia Sewall. 1ª ed.

Papa y Sarah se han casado y se oyen cantos como en los felices tiempos. Pero los días son cada vez más calurosos y secos y no queda nada verde en los campos. Aquí, en el Maine, llueve casi todas las tardes —había escrito tía Mattie a Sarah. ¿Podrá la familia quedar unida, lloverá?
Siempre la autora se gana el cariño de los jóvenes lectores.

## CV113. Stone Fox y la carrera de trineos
John Reynolds Gardiner
96 págs. 15 ilustraciones de Marcia Sewall.
2ª ed.

Para ayudar a su abuelo, el pequeño Willy, con sus diez años, quiere ser el vencedor de la carrera de trineos con su querida perra Centella, y ganar al indio Stone Fox, que nunca a perdido una carrera.
Una obra excepcional, por la calidad literaria, por la emoción y fuerza de la obra, por los valores morales que resaltan en la novela.